角一商店三代記

小諸悦夫

鳥影社

角一商店三代記　目次

角一商店の初代

角一商店の初代

一

　関東の西側を南北に連なる関東山地によって、上州は信州と分かたれている。上州南西部はまた、高くはないが山並みによって武蔵と隔たっている。その山並みの裾（すそ）を這うようにして関東山地に源を発した一本の川が、東の高坂（こうさか）に向かって流れている。この川と併走するように一本の街道が通っている。北にはメインの街道として中仙道がある。だが、こちらも西井田から更に北西に向かって行き、峠越えで信州へ通じる裏街道として栄えてきた。

　ここに鉄道を通そうと計画されたのが明治二十八年のことであった。そして裏街道に沿うように「西毛鉄道」が高坂から西井田に向かって延び、西井田を終着点として開通したのは二年後の秋のことであった。

　開通した当日の西井田駅は、町の人全部が集まったのではないかと思われるほどの賑わいに沸き立った。人々が手に手に日の丸の小旗を持っている。まだ尋常小学校三年の利根崎英悟（とねざきえいご）と三歳年下の源次郎も、紺絣の着物に袴を着せられて、小僧の清吉に連れられて来ていた。英悟兄弟はこのとき見た光景が忘れられないものになった。

木製の駅舎は近代的で、入り口にはX字に立てられた国旗と旭日旗が華々しさをかもし出している。入り口を潜ると待合室で、改札口がホームに向かって開いていた。新しい壁も待合室の木製のベンチも、高坂から外国製の蒸気機関車に引かれてやってきた二両連結の客車も、町の人には初めて見る代物だった。

機関車を背にして、プラットホームには和服に着飾った町のお偉方や、制服を着た鉄道会社のお偉方が勢ぞろいして記念の写真を撮った。英悟の父、利根崎栄蔵は、後にことある毎にこのときの写真を見せてはその日のことを語ったものだ。英悟の父はこのとき町の助役だったのである。

彼の先祖はどこから来たのかわからないが、幕府のころ西井田村は天領だったので、あるいは江戸からやってきた役人の末裔がここに住みついたのかもしれない。栄蔵は祖先のことについて親から知らされたことはなかった。栄蔵の父の代にはすでにこの地で小金を貯めて角一質店という質屋を始めていたということを知るばかりだ。栄蔵も父の商売を継いだ。質屋といっても金貸しである。質草には家具、衣類といったものもあったが、土地、家屋といったものもあった。期日までに払えなければ質草は取り上げられてしまう。不況が襲えば儲かるのは金を持っている者だ。こうして栄蔵は焼け太りのように土地や家作を増やしていった。山もいくつか買って、押しも押されもしない町の分限者（ぶげんしゃ）の一人になっていた。若い栄蔵が助役に取り立てられても、反対する者はいなかった。

英悟たちが住むようになった土地は、栄蔵の時代にほぼ確定したのであった。栄蔵が質屋をやめて洋品屋を始めるようになったのは、助役になったことと関係がありそうだ。ある日、栄蔵は突然家族の前で、鼻下の髭をしごきながら、これから洋品屋をやると宣言した。

「高坂とつながったから、これからはいろいろな洋風なはやり物が入ってくるだろう。生活も変わるだろう。だがこの町には洋品屋がない。八百屋だの荒物屋だの漬物屋のような生活に必要なものを売る店はあるが、おしゃれに必要なもの、例えばシャツとか肌着の類を売る店がないから、わしはやってみたい」

景気が落ち着いてきて、金の借り手が減ったことと、毎日役場につめなければならなくなったことが、質屋を見限った主な理由だった。あるいは、助役が金貸し同然の質屋をやっているのでは体裁が悪いと思ったのかもしれない。彼は家では独裁者で、家族の誰一人として彼の言うことには反対などできないから、二ヵ月後には店の造りも変えて表をガラス戸にし、店先には洋風な衣類が綺麗に並んだのだった。屋号は質店を商店に変えて角一商店とした。一番地の角にあるし、なじみのある商号だからよかろうというのであった。

商売をするとなると品物を運んだり、整理をしたりと人手がいる。そこで小僧として清吉が住み込みでやってきた。たまたま栄蔵が郵便局の局長に頼まれたのであった。清吉は両親と早くに死別し、小学校を出るまで農家の伯父の家に厄介になっていた。清吉はいつまでも伯父の世話になっているわけにもいかず、小学校を出ると働き口を探していたのだった。清吉が栄蔵のところに来たのは小学校を出て間もなくだったので、英悟とは兄弟のような感じだった。しかし、主人の子供と使用人とでは立場が違う。英悟は坊ちゃんと呼ばれ、清吉は清吉、暫くすると「せい」と短く呼ばれるようになった。

清吉は素直で真面目な子だったから、家の人にも客にもみんなから好かれた。陰日向なく働いたので、主人の栄蔵も町の助役としての仕事が忙しくなったこともあって、まもなく店のことは殆ど任せるようになったのである。

「いやあ、局長にはいい子を世話してもらいましたぞ」

局長と会うたびに栄蔵はそう言って頭を下げたものだ。栄蔵には長男・英悟の下に、三つ離れた源次郎がいて、更にゆき子という子が今年生まれたので、その子守にも女の手が必要になった。

ゆき子の子守として雇われたのは、やはり近在の農家の娘でツネといった。ツネには四人もの妹がいた。ツネはずっと妹の面倒を母に代わってみてきた。母は父の片腕として畑仕事で手一杯の状態だったのである。ツネが小学校を出るころには、妹たちもそれほど手がかからなくなっていたのと、一人でも口が減ればそれだけ家の暮らしが楽になるから、世話する人があって、栄蔵の家にやってきたのだった。

英悟の小学校での成績は並の出来であったが、助役の息子ということで手心が加えられたのだろう、クラスで上位に入っていた。父親の栄蔵が毎年多額の寄付をしていたことも影響していた。弟の源次郎もそうであった。ただ、源次郎の場合は兄よりはよく勉強したし、できもよかった。彼は兄を立てていたが、端の人は源次郎のほうが勉強はできると知っていた。

英悟は周りにちやほやされて、わがままな性格が助長された。小学校までは歩いても五分ほどの距離であったのに、四年になるまで清吉に送り迎えさせた。源次郎にはそういうところがなく、生まれつき控えめで皆に好かれた。

英悟が六年のとき、校内で一人の生徒が弁当を盗まれるという事件が起きた。五年生のある組が校庭で体操の授業をしているときに、空になった教室に誰かが侵入して盗んだらしい。学校中が大騒ぎになった。やがて捕まった犯人は、他のクラスの一人だった。いつも弁当を持ってこられない生徒であった。父親がいなくて、母親がよその家の下働きをして家計を支えている貧しい家の子であった。弁当を持たせるだけの余裕がないのだった。親が呼ばれて、翌日からその生徒は学校に来なくなった。

誰言うとなくことの顚末が全校生徒の間に流れて、英悟は他人のものを盗むなんて悪いやつだと夕食のときに話した。特に正義感が強かったわけではないが、他人の言うことに同調するところがあったのである。しかし、源次郎は黙っていた。盗むのは悪いが、盗んだ子はどれほどひもじい思いをしていたかと考えると、その子を責める気にならなかったのである。この次男坊には、生まれながらのように他人を思いやる優しいところがあった。

二

英悟は小学校を卒業すると中学に行くことになった。父の栄蔵がこれからの人間は中学ぐらい出ておかなくてはならんと言ったので、そう決まったのである。町には中学はなく、足原町にできた尋常中学校足原分校に行くことになった。先生が勧誘に来て無試験であった。町で中学へ行くのは英悟のほかには二人しかいなかった。いずれも町の金持ちの息子であった。

学校は高坂市まで開通した西毛鉄道で四十分のところにあった。その地を治めていた藩の藩邸跡地に建てられたもので、英悟が入学すると足原中学校と名が変わった。表も裏も門は黒い板が打ち付けてあった。表門を入ると玉砂利を敷いた車回しがあり、玄関を隠すように築山がある。玄関は昔の道場に似て式台があって、左右に延びた建物は御殿と呼ばれていた。

そこここに石垣が残っていて、藩邸跡地の趣を随所に残しているのであった。表門の両側には石垣が伸び、敷地を囲っていた跡を残していた。特に左手は石垣を積んだ築山風になっていて、そこには太い欅の木が何本も枝を広げている。石垣を回り終えたところに瓦を載せた屋根付の裏門があり、生徒はそこから登下校するのであった。全般に勧誘して集めた生徒たちだったから、学力もまちまちで、英悟の学力でもろくに勉強をしないで学校生活を送ることができた。

英悟はクラスでも背が低いほうだったため、同級生からチビと呼ばれた。小学校では親の威光もあってチビと呼ばれることがなかった彼は、屈辱に似たものを感じた。腕力では勝てそうもなかったし、我慢すれば頭の上を通り過ぎてゆくだけだった。だから、それほどへこたれることはなかった。こういう有様だったので、小学校のときもそうであったように、中学でも心を開いて親しくなる友達はできなかった。

英悟が三年になったとき母のキクが亡くなった。もともとあまり丈夫でなく、末のゆき子を産んでからは時々寝込んだりしていた。まだ四十代の半ばであった。この一家は父中心で動いていたので、母の存在感は薄く思われていた。しかし、栄蔵が質屋を営んで成功したのは、キクの力が大きかったのだ。冷酷とも思えた栄蔵の陰で、キクは人情味で夫の商売を支えたのだった。本当に困っている客には栄蔵に隠れて質草以上の金を都合してやったり、返済を延ばしてやったりした。外では角一はキクのお蔭で成り立っているとさえ言われていた。

家では父の力が大きかったので、英悟は母を軽視さえして、母の死をそれほど悲しくは思わなかった。ただ単に母という人が死んだと思ったに過ぎなかった。炊事洗濯はずっとツネがやっていたので、母の死は日常生活には何の支障もきたさなかったせいもある。家の中が少し寂しくなったとは感じたが。

弟の源次郎は母思いで、母が寝込んだりしたときは親身になって看病したものだ。彼には母の死がこたえた。病床での母の言葉がいつまでも心に残った。

「源次郎、おまえは学校の成績もいいし、よく勉強するから、きっと世の中に出ても成功すると思うよ。でもねえ、成功する人が偉いとは言えないんだよ。世の中のために尽くす人が偉いとお母さんは思う。違うかねえ」

源次郎が兄と同じ中学に入学したのはその翌年のことだった。こちらは試験で入ったのである。彼の受験における成績は上位五番にはいっていた。体つきも顔つきも英悟とは似ていないので、教師たちも最初は英悟の弟とは気がつかないようであった。この地方には小阪とか今里とか高橋とか梅田とか、同じ苗字のものが何名もいるので、利根崎というのもその一人だと思われたのだろう。

たまたま英悟を教えたことがある英語の教師が、同じ苗字に気がついて、きみは英悟の弟かと訊いて、初めて兄弟だということが教師の間に知れ渡ったのだった。

源次郎は小学校のころから本を読むことが好きであった。論語や『学問のすすめ』などの本を小学校のときに読んでしまっていた。中学に入ると漢文、英語などに興味を持ってよく勉強した。通学の電車の中でも本を手放さなかった。商家でも農家でも、次男以下には居場所がないから、自分で居場所を探さなくてはならない。彼は将来のことを考え始めていたが、本を読むことによって、彼の心の中にはいつしか将来の希望のようなものが湧いてきていたのである。母の言葉も心の底に落ちている。彼はどうしたらいいか、具体策を探し始めていた。母の言う「人の役に立つ」には、どんな職に就いたらいいのだろうか。

一方、英悟の五年間は無為のうちに過ぎた。一般には記憶に残る楽しいはずの修学旅行も、高坂から列車に乗ったことと、鎌倉の大仏と、海の広さに驚いたに過ぎなかった。稲村ヶ崎に連れられて行って、新田義貞が鎌倉攻めに際して黄金の太刀を投げ入れ、進路を開いたというような故事を説明されたが、そんなことはすっかり忘れてしまって、断崖から見た海しか記憶に残らなかった。

しかし、父栄蔵の英悟に対する期待は大きかった。中学卒業を半年後に控えた夏休みのある日、父は鼻下のカイゼル髭をひねりながら言った。

「卒業したら東京の学校へ進学したらどうだ。東京は広いし、商売をするうえでもいろいろ学ぶことが多かろう。これからは東京のはやりや商売のやり方や、法律というものも知っておかなくちゃならん」

彼はひと月前、町の助役から町長になったばかりで機嫌もよかったし、息子が東京で勉強をしているということも箔がつくと考えていたのである。この家では栄蔵の言うことは絶対であった。それで英悟の東京での進学が決まった。

これからの日本がヨーロッパと伍してゆくには法律が重要だということで、東京ではヨーロッパで教育を受けた人たちによる法律の専門学校が次々と設立されているという。栄蔵は東京にいるただ一人の親類に問い合わせて、そういう知識を得ていたのである。

英悟は進学と決まると、受験の準備に中学の近くにある家庭塾に通った。塾の先生は高坂の中学の英語の先生であった。先生は足原から毎日高坂に通っていた。高坂の授業を終えて帰ってくると、今度は塾の先生として教えているのであった。

英悟は英語が苦手なので、特によく教えてもらった。そのほかの教科も補習のようなものであった。四ヵ月も通うと、

「まあこれなら、東京の専修学校に行ってもついていけるでしょう」

と、塾の先生に言われ、自信もついた。

翌年の試験には何とか合格できて、英悟は不安な気持ちを抱きながら、東京での生活に向かうのだった。

父は息子の英悟を送り出すときに、念を押すように言った。

「佐々森さんの家は格式を重んじる家だから、礼儀正しくして粗相のないようにするんだぞ」

「はい、気をつけます」

東京にいる親類というのは栄蔵の伯母の嫁ぎ先で、佐々森といった。伯母の夫は以前一ツ橋家の御典医をしていたという当時のインテリというべき人であった。今は夫婦ともに亡くなり、当主は長男の佐々森文治が継ぎ、元旗本だったという家から嫁を迎えていた。栄蔵の従兄弟になる当主の文治は東京府会議員をしていて、近く医学校を創るために多忙を極めていた。家を訪れて最初に挨拶をしたとき、父の言ったように、家の中全体がピーンと張り詰めたような片苦しさを感じた。（これが徳川幕府と関係のあった人の子孫が身にまとった雰囲気というものだろうか）と英悟は思う。文治という人は厳格な感じで、奥さんの喜代美という人はほっそりした美しい人であったが、いかめしく、これもどこか冷たさが感じられて、彼は緊張した。当主夫妻には二男一女の子供があった。英悟より二歳年上の長男は第四高等学校に在学中で、金沢に行っているという。三歳ほどはなれた次男は今年第三高等学校に行ったので、家にいるのはさらに三歳はなれた娘の竜枝だけで、彼女は跡見女学校に通っているということであった。したがって、行儀見習いに来ている住み込みのトミさんという娘を入れて、四人がこの家の住人だった。

家は神田須田町にあって広いので、英悟の寄宿先としては問題はなかった。学校は御茶ノ水の丘を下りた辺りにあったから、通うのにも便利であった。

彼は毎朝、一家とは別の食卓で住み込みのトミさんが作った朝食を済ますと、これもトミさんが作った弁当を持って学校に出かけるのだった。

最初のうちは緊張していたが、慣れてくるとそれほどには感じなくなった。家を出て少し歩くと大きな通りに出る。その道路を上に張られた電線に長い二本のポールを伸ばした電車が走っていた。最近になって敷かれた路面電車で、そのうちに東京中の主要な道路を走るようになるという。しかし、通学にはこの電車に乗ることはなかった。わざわざお金を払って乗らなくても、学校までは歩いて行けたからだった。

　夕方になると、丘の上の方角の空からがらんがらんと鐘の音が聞こえてきた。お寺の鐘の音とは違うのでトミさんに訊くと、ニコライ堂の鐘だという。学校の帰りに御茶ノ水の坂を上がって行くと、左手にエキゾチックな寺院が見えた。ハリストス正教会の聖堂だと聞いて、初めてハリストス正教という宗教があるのを知った。

　また、大通りを神保町に向かい、そのまままっすぐに坂を上がって行くと、右手に靖国神社の鳥居が見え、左手には大村益次郎の銅像があった。東京にはほんとうに坂が多い。振り返って坂の上から、今来た神保町のほうの風景を見下ろしていると、自分が東京に来ていることをしみじみと実感した。

　そして、田舎では考えられないことばかりで、学校での勉強よりこういう見聞のほうが遥かに身に付くようだった。

三

英悟は夏休みには田舎に帰った。家では英悟の土産話に皆が目を輝かせて聞き入った。大通りを電車が走っているというのは、町では想像できないことであった。源次郎も、小学校三年になったゆき子も目を丸くした。この狭い町とはなんという違いだろう。田舎にいるだけでは何もわからない、町の外に行かなくてはだめだと源次郎はこのとき心に決めた。いくら本を読んでも実感が伴わない。見聞を広めないことには正しい判断もできないと思うのである。

英悟は町には友人がいないから、三日もいると退屈した。ただ、佐々森家にいるときと違い誰に気兼ねをするでもないことだけが、滞在を長引かせるのだった。この滞在中に、彼は父親の栄蔵から相談を受けた。相談というより心に決めたことを聞かされたといったほうがいいかもしれない。

「せいとツネを結婚させようと思っておる」

と、栄蔵は言った。栄蔵は跡継ぎとなる英悟にそのことを伝えたかったのである。今では番頭になって商売を切り回している清吉に、栄蔵の口利きで所帯を持たせることは、後々の角一商店にとっても大切なことであった。二人も異存はないということなので、英悟もいいじゃないですかと返事をした。清吉と顔を合わせたとき、妙に明るい表情を見せていたわけがわかったのであった。

（おれも近い将来にこういうふうにして妻を娶ることになるのか）と考えながら、彼の身近には清吉に対するツネのような女性は見当たらないので、漠然とした不安のような、希望のようなものを感じるのだった。

栄蔵は町長として忙しい日々を送っていた。毎日帰りは夜遅くになり、休みの日には町の有力者が相談に来たり、碁を打ちに来たりで、ゆっくりする暇もなかった。栄蔵は家でも賑やかにするのが好きなようであった。それでも自家の商売から目を離すことはなかった。彼は暇をもてあましている英悟を見て、今まで清吉にさせていた家作の家賃の集金をやらせることにした。いずれは地代、家賃などのあがりを自分の肌で感じさせるのが狙いだった。代替わりしたときの店子とのつながりも重要だと考えたのである。

あるときは、持っている山にも英悟を連れて行った。山は町から歩いて三十分ほど奥にある樫山という地域のさらに奥にあった。英悟は背中に背負子（しょいこ）をしょわされた。背負子はカチカチ山の狸が薪を背負うのに使っている、背負い紐のついた小さな梯子のようなものである。

「ここで枯れ枝を集めたり、炊事や風呂の燃料になる薪を切ってくるんだ。ほったらかしにしておくと山が死んでしまうから、絶えずそういう手入れをしなくちゃならん。山の木を切るのも大切なことなんだ」

栄蔵は息子に言った。山の手入れはそれまで店子の余助にやらせていた。英悟は家が山を持っているのは知っていたが、実際に山に入ってみるのは初めてであった。かなりの急斜面で道などはついていない。栄蔵は直径十五センチほどの太さの木と木の間を縫うようにして急斜面を登っていく。木はクヌギか栗のようである。英悟は父の健脚に驚いた。若いころ苦労したことが見てとれた。

英悟は父が集める粗朶（そだ）を束ね、背負子にくくりつけた。それを背負ったまま急斜面を下るのである。彼は何度も足を滑らせたが、そのつど近くの木に摑まって下まで滑落せずに済んだ。それでも腕にも脛にもずいぶん擦り傷を負った。薪を背に町中の目抜きの通りを歩くのは恥ずかしかった。父親の栄蔵と一緒でなかったら、とても歩けなかったかもしれない。家に帰り、下着を脱ぐと、背負い紐が肩に食い込んだあたりが赤く腫れていた。

「どうだ、ひと働きをした後に入る風呂は気持ちのいいもんだろ」

風呂上りの英悟に父が声をかけた。

「肩がひりひりするよ」

恨めしげに英悟は答えた。

「そんなのは芥子（からし）入りの味噌を塗っとけばすぐ治るさ」

栄蔵にしては珍しく冗談が口をついた。よほど機嫌がいいのであろう。

「そんなあ。カチカチ山の狸じゃないんだから」

と、英悟も反論する。東京へ行ってから、英悟も父に割合平気に口を利けるようになったようである。以前は言われたら、「うん」とか「はい」しか言えなかった。父はこんな英悟の変わりようを微笑ましく感じた。英悟も大人になったと思うのである。

確かに彼は集金の真似事や山へ行ってみたことで、長男として家の財産を受け継ぐ自覚が出てきたようであった。大きな財産は重圧でもあるが、同時にそれを自由にできる喜びもある。

夏休みが終わると英悟はまた東京に戻っていった。

英悟に父から清吉とツネの婚儀についての手紙が来たのは、それからしばらくしてからのことであった。手紙には婚儀は晩秋の予定だとあった。日取りが決まり次第連絡するから、帰ってくるようにとも書いてあった。

清吉とは兄弟のように育った仲である。結婚式にはぜひ出席すると返事を書いた。ツネとならきっといい家庭を持てるだろう。身内同然の二人の結婚話は英悟をもうきうきした気分にさせた。

彼はいつか湯島天神に行ったときのことを思い出した。注連（しめ）飾りを渡した屋根つきの門をくぐって石畳の境内を歩いていくと、たまたま結婚式の現場に行き合わせたのだった。赤い袴を着けた巫女が、打ち掛け姿の花嫁を先導して縁先を静々と進んでいくところであった。何も塗っていない素肌の木の建物が、周囲の濃い緑の木々と調和している。その中を白と赤の衣装がはっきりと浮き立って美しかった。静かな神域の厳かな雰囲気が満ちていた。そこだけ都会の中から切り取ったように思われた。

西井田町には神社は一つしかない。しかも小さい。大勢の参会者が来る結婚式を行うのは無理である。その代わりでもあるまいが、寺は町の東西と北に大きいのが一つずつあって、大晦日から元日にかけてはどの寺も賑わうのである。寺のほうが町の人々の生活に密着しているとも言える。寺で結婚式を挙げたという話はよく聞くから、寺を会場にするのだろうか。そんな思いを巡らせていると、日にちは瞬く間に過ぎていった。

四

清吉たちの結婚式が行われたのは、利根崎家の菩提寺である寿福寺であった。寺の本堂に清吉の伯父一家と親類、ツネの両親と四人の妹たち、ツネの叔父たちに栄蔵一家が参列した。英悟は前日の土曜日に帰省して参列した。前橋の師範学校に行っている源次郎も戻って来ていた。源次郎は希望どおり教師になるべく、県の師範学校に入っていたのである。久しぶりの兄弟の再会であった。源次郎は兄に親しみを示したのに、英悟はそれほど懐かしそうな顔をしなかった。源次郎はもはや彼が知っている青年ではなく、自分より大人びているように思え、違和感を覚えたのかもしれない。兄より清吉のほうが源次郎に親しみを表して、結婚式に参列してくれたことを喜んだ。

清吉は式が始まるまでの間、栄蔵が結婚式のときに着た紋付袴を着せられてかしこまっていた。ツネは髪結いの市村の娘がつい最近着た白無垢を借りて、初々しい花嫁になっていた。小学生のゆき子は花嫁衣裳を着たツネが、普段のツネとまったく変わっているのに目を丸くしていた。

仏前での式がつつがなく終わると、住職が祝いの言葉を言い、二人の新しいカップルに夫婦の心構えを述べた。出席者全員が神妙に聞いていた。住職の話は英悟にとってもいい教訓のように思えたが、すぐ忘れてしまった。

披露宴は町の唯一の割烹旅館「上州館」で開かれた。ここは栄蔵の町長就任祝いの宴が開かれたところでもある。会場まではそんなに離れていないので、新郎新婦は寺から、仲人になった栄蔵たちの介添えで歩いた。路地のあちこちから町の人や子供たちが新婚夫婦の行列を眺めて、あれが角一の番頭さん夫婦だよと、着飾って普段とはまるで違う姿を羨望の目で見送るのだった。

披露宴には角一商店のお得意さんらも招かれたから、会場に充てられた旅館はいっぱいになった。大広間は箱膳のような一人用の膳で囲まれた。新郎新婦の清吉とツネが、栄蔵と並んで上座にかしこまって座った。

何人かの来賓が祝辞を述べ、乾杯をし、みなそれぞれの料理を食べたが、清吉たちは緊張のあまり胸がつかえて料理に少し手をつけただけであった。二人は栄蔵たちに、

「今食べておかないと腹がすくぞ」

と、促されても、箸が進まない。そこへ招待客が入れ替わり立ち代り酒を注ぎにくるので、その応対のほうが忙しいのだった。客の切れたときに清吉はツネに優しく言った。

「ツネちゃんは食べておきな。おれはお客さんの酒のお相手をしなきゃなんないから」

「はい」

と、ツネはうなずいてなるべく食べようとしたが、やはり緊張から胸がいっぱいで料理を食べられない。宴がお開きになって、招待客を全部送り出して、やっと二人は一息つくことができたのだった。

清吉たちの新居は角一商店から歩いて五分ほどのところに決まっていた。栄蔵の持つ家作のうちの一軒がたまたま空いていたのを、借り受けたのである。

「せいたちの住まいだから家賃なぞ要らん。その分で家財道具をおいおい買い揃えたらいい」

と、栄蔵が言ってくれたのだ。清吉はツネに大旦那さんには足を向けて寝られないと何度も言うのだった。

清吉夫婦は三日ほどの休みをもらって、磯部鉱泉に新婚旅行に出かけた。そして帰ってくるとまた角一商店に勤め始めた。

英悟は清吉たちが新婚旅行に出かけるのを見送ると、すぐにまた東京に戻った。

学校は英悟にとっては相変わらず興味のあるものではなかった。父の栄蔵がいい成績で学校を卒業することを期待しているようではないのが救いであった。栄蔵は家の跡継ぎが学問の虜にでもなって、帰ってこなくなることのほうを心配していた。若いうちに東京で勉強したということになれば、町では幅が利くというものである。だから、父にとっては英悟の成績など問題にしてはいないのである。

そうはいっても、無為に過ごすのもはばかられたので、算盤の塾に通ってみたりした。算盤は練習するだけで上達する。しかもすぐに実用になるから、彼の気に入った。休みの日には浅草六区に行き、電気館で活動写真といわれているサイレント映画を見たり、十二階建ての凌雲閣からの展望を楽しんだりした。こんな高い建物を見るのも、登るのも初めてであった。凌雲閣の十二階から見る風景は彼を驚かせた。市街がジオラマのように眼下に展開しているばかりでなく、秩父の山並みまでが見えたのである。

法律にはなかなか馴染めなかったので、父に手紙を書いて商業科のある学校に替わった。ここでは塾で学んだ算盤が役に立ち、久しぶりに心にゆとりを持って学校に通うことができた。二年で卒業して彼の東京生活は終わった。時代は明治の終わりにかかっていた。

五

田舎に戻ると、家の中がすごく寂しく感じられた。それは弟の源次郎がいないせいと、ツネが暇を取って夕餉の支度のときだけしか来ないためであった。源次郎は前橋で下宿生活をして学校に通っている。また、ツネは所帯を持ったから、いつまでも家事を頼むわけにはいかない。そんなわけで、翌月に家事の後を引き受けてくれる娘が来るまで、夕食の支度だけをツネに頼んでいるのだった。

栄蔵に後添いをという話もあるが、このごろでは郡立の実科高等女学校に通い始めたゆき子が、家事の手伝いとして結構役に立つようになっている。後添いよりはそろそろ英悟に嫁をもらって、家族を増やしたほうがいいというのが栄蔵の考えだった。

父が動いたのだろう、英悟に見合いの話が持ち上がった。

「高坂の在の農家の娘だそうだが、どうだろうな」

と、父が言った。高坂市の助役をしている懇意な人がいて、その人の持ってきた話だという。写真を二枚ほど見せられた。

「農家といっても、昔からの豪農で、田畑を何町歩も持っている。高坂の高等女学校を出ているそうだ。美人というほどではないがまあ十人並だし、弟が二人、妹が一人いる長女だから、頭を抑えられる心配はない。いい話ではないかと思うがな。会ってみる気はないか」

「そうですね、父さんがいいという人なら会ってみましょう」

英悟に反対する理由などなかった。長男としていずれは家を継がなくてはならない。そのためにも妻を娶る(めとる)のはごく自然のことと彼は思っている。この町の女性でないことも心が惹かれた。この小さい町しか知らない女性には退屈してしまうだろう。農家の娘とはいえ遠くの村から来るとすれば、新鮮に違いないと彼は思うのである。

見合いは英悟には初めてのことなので、何か妙な心地がした。そういう年頃の女と同席したことがないから、どんな女なのだろうと思い描いたり、何を話したらいいのかと思ったりした。決まれば女を自分の自由にできるのも不思議な魅力に思われた。

見合いの日取りや場所は仲人と相談するということであった。

休日に先方に出かけて帰ってきた父は、彼に日取りが翌月の始めの日曜日に決まったことを告げた。場所は高坂の料亭とのことであった。いざ日取りが決まると英悟の心は揺れ騒いだ。どんどん自分の未来の人生が決まってゆく。どうなりたいという人生設計があるわけではないが、不安もあるのだ。

洋服も新調することになった。町には洋服店がないので、高坂市まで仕立てに行かなければならなかった。足原町にも店はあるが栄蔵は高坂のほうがいいと、清吉をつけて英悟を高坂市に行かせた。仮縫いやら何やらで三週間かかって予定の日に間に合った。

当日、英悟は父に付き添われて高坂の料亭に出向いた。母が亡くなって片親だけということは先方に告げてある。仲人夫婦に案内されて見合いの部屋に通ると、相手は今着いたところだと言って栄蔵たちを気遣う様子だった。

相手の娘は明るい色の和服を着て、両親に付き添われてテーブルの中央に座っている。テーブル越しに両方から挨拶を交わした。仲人が両家のことを紹介して、どちらからともなく話が始まった。娘はうつむき加減で緊張しているようであった。英悟も緊張していたが、それでも仲人や親同士の話の合間にときどき娘を見やった。気に入ればやがては自分の妻になるわけだから、よく観察しておかなければという気持ちであった。

やがて趣味の話になり、娘は裁縫が得意だと言った。英悟はこれといって趣味がないので言い淀んだ。

「ほれ、東京で浅草の凌雲閣に行ったときのことでもお話ししたらどうかな」

と、栄蔵が助け舟を出したので彼は救われた思いがした。彼は思い出すままに東京の名所の数々へ行った話をした。これには娘の両親も仲人も興味を示し､座が盛り上がった。娘は多少顔が日焼けして黒かったが、それも家から女学校まで二里近い道のりを、毎日歩いて通ったせいだとわかってみれば、健康の証拠だと納得した。返事は後ほどということになって見合いは終わった。

「あの娘さんはどうだな」

帰りの道すがら栄蔵が息子の反応を確かめるように言った。

「健康そうでいいじゃないですか」

「そうか、おまえもそう思うか。なかなかしっかりもののように見えた。おまえより背が少し高いが、おまえが気にしなければどうということはない。それより健康が第一だ」

栄蔵は妻のキクが病気がちで苦労したので、実感がこもっていた。栄蔵はすっかり上機嫌になって、ゆき子と清吉や、ツネの後釜として家事手伝いに来るようになった民江たちに土産を買って帰った。

「そうですか、英悟坊ちゃんも気に入られた方なら結構ですね。万々歳ですね」

話を聞いた清吉も喜んでくれた。ゆき子は写真で見ただけだから、どんな感じの人が自分の兄嫁になるのか少し不安でもあった。その人が家に来るとなると、自分は小姑ということになるのだろうか。姉妹がいないゆき子には、間合いがうまく取れるか心配な面もあった。

「相手の娘さんは二里近い道を歩いて学校に通ったと言っていた。ゆき子にそんなことができるかな。おまえも体を鍛えにゃならん」

「ハイ、ハイ」

ゆき子は父の上機嫌な言葉を茶化すように言った。場に居合わせたもの皆も笑って幸せな雰囲気が部屋に満ちた。

六

無事結納も済んで、英悟は相手の娘の家にも行った。娘の名は大友千代といった。大友家では広い農地を自分たちだけでは管理しきれないので、小作人にも貸しているという。家もかなり大きい。近くの家が茅葺屋根なのに、千代の家は瓦屋根の二階家である。

千代の父母は英悟が行くと、囲炉裏端に迎えて言った。

「うちは農家ですけん、何も珍しいものはありませんが、どうぞくつろいで行ってください」

弟や妹たちも挨拶をして座に加わった。千代は今日は普段着の着物姿で母の横に座って、お茶の接待をした。

英悟が携えていった土産の和菓子も好評で、出されたやきもちは脇に残ったままであった。千代の父はヘビースモーカーなのか、ひっきりなしに煙管(きせる)で煙草を吸った。英悟はポケットからゴールデンバットを取り出して吸った。それが千代には珍しかった。都会の雰囲気が感じられ、素敵な人にめぐり合えてよかったと思うのだった。

英悟は見合いの席では千代に気を取られて、父親をよく見ていなかった。今日観察してみると、千代の父の煙管(きせる)を持つ指は、ずいぶん太く節くれだっていて、農業に精出してきたのが感じられるのだった。朴訥な話し方も好感が持てた。これからこの家族とつながりができるのも不思議な縁だと思うのだった。

次の日曜日の昼前には千代が両親とともに栄蔵の家にやってきた。千代は町の目抜きの通りのほぼ中央にある栄蔵の家が、角一商店という大きな看板を入り口に掲げているのを見た。ここの住人になるのだと思うと、千代は不思議な感じがした。平屋の店の間口半分はガラス張りのショー・ウインドーで、いくつもの洋品や雑貨が並べられている。ガラス戸を開けて中に入ると、そこにも品物がたくさん並んでいた。品物棚の脇に細い通路があり、そこから出入りするようになっていた。

店とつながった客間に通されて挨拶が済むと、ゆき子と清吉、民江らがそれぞれ紹介された。ゆき子が郡立の実科高等女学校に通っていると言うと、

「千代さんは高坂の高等女学校を出ているので、いろいろ教えてもらったらいい」

と栄蔵が言うのだった。

客間からは家の裏に広々とした庭が見えた。花が植わっている庭には、白壁の土蔵が三つある。それを見て、千代の父が言った。

「なかなか立派な蔵が三つもおありで」

「二つは父の代に預かった質草をしまっておいたもので、一つは家財を納めているんです。なあに大したものはないんですが、父親が集めた掛け軸だの、普段使わない食器なんかを置いてあるだけです」

と、栄蔵が謙遜して言った。実は栄蔵が町長になってから集めて、自慢したい陶器もあるのだが、相手があまり興味を示さないので、それ以上は言わなかったのである。

「さすが町なかでご商売をされているだけあって、うちらはただ感心することばかりですわ。こちらにご厄介になるということになると、娘の責任も重うござんすな」

千代の父がよそ行きの言葉で言った。英悟も千代も親の交わす言葉をにこにこして聞いていた。しばらくの後、栄蔵が言った。

「せっかくこんな山奥まで来ていただいたんだから、英悟、おまえ千代さんを町なかや川にご案内してきたらどうかな」

「それはいいですな。うちのほうには川がこんな近くには流れておらんですわ」

千代たちは電車で来る途中、窓から川が電車に沿って流れているのを見た。町の入り口の辺りでは、川が急に窓の下に迫って来たりした。トンネルを出ると川瀬の音が新鮮に聞こえてきた。川は町を囲むようにして流れているようであった。

気を利かせた親たちに押し出されるようにして、英悟と千代は町に出た。目抜きの通りを時折すれ違うのは、野良着に手拭で頬かむりをしたような人たちばかりである。未婚の若い男女が、それも女性は綺麗な着物に帯を締め、男は背広姿といった盛装で一緒に歩くのは目立つので、英悟たちは横道にそれた。

「ここは町で唯一の神社で、お寺さんと隣り合わせというのも面白いでしょう。右手に見えるのが町の役場です。親父は毎日ここに出勤しています」

「町長さんでしたね。お偉いんですね。でも少しも偉ぶらないで、いいお父さんですわ」

「この神社の裏は川が淵をつくっていて、水も冷たいし深いので、子供のころはここでは泳いではいけないと言われたもんですよ。あの淵に流れ込んでいる上流の瀬ではハヨがよく釣れるんです」

と、説明した。ハヤのことをハヨというのも珍しかった。千代はほかには魚の名前といえば鮎くらいしか知らないから、

「鮎は釣れないんですか」

と、訊くのが精一杯だった。

「鮎はも少し下流のほうでないと。友釣りという方法で釣るんですが、これは腕が上がらないと難しい」

説明しながら歩いていると、いい匂いがした。香水をつけているらしい。これが女というものかと英悟は胸が痺れるような感じを味わった。話すことがなくなったので、彼は町のはずれまで行き、

「ここに並んでいる五軒の家がうちの家作です。ほかにも裏通りに何軒かあります。で

も家作から入る家賃なんてのは高が知れているんですよ」

と、自慢した。千代は家作から入る家賃はどれくらいになるのだろうと思ったが、不躾になるから訊きはしなかった。英悟は将来にどんな夢を描いているかなどは話すことはなかった。彼には親の跡を継いで商売を続けていくことしか念頭になかったのである。千代も、彼が夢を追いかけてやたらなことで危ないことをするよりは、今の状態に嫁入りして安定的な生活をすることを望んだ。彼女にはそれが一番幸せになる道だと信じていたのである。

二十分も歩いて家に戻った。

「町はどうだったかね。気に入ったかい」

と、栄蔵に訊かれて、千代は感じのいい町ですと答えた。高坂には比べものにならないけれども、千代の家近辺よりは変化があって住みよさそうに感じた。

「それじゃあ、時間もいいので、食事にでも参りましょうか。割烹料理屋に用意させてあります。でも大したものは用意できませんよ、何しろ山の中ですから」

栄蔵の誘いで、一同は清吉たちを残して上州館に向かった。

角一商店の二代目

一

英悟と千代の結婚式は翌年の春に、高坂市で行われた。披露宴には現職の町長の息子というので、郡内の町長や村長、助役のほか、高坂の市会議員まで招待された。英悟の知らない出席者ばかりである。若い客は隣の県の小学校で教諭として勤め始めた弟の源次郎のほかは、千代の同級生たちと英悟の同級生の何名かであった。

英悟は紋付、羽織袴を着せられて窮屈だったし、千代は晴れ着に帯を締めたうえ、文金高島田では首が疲れて、早く開放されたかった。年配の招待客の垂れる訓戒などは聞いていなかった。この責め苦から早く逃れたい一心で耐えていたのである。これが幸せになるために通らなければならない門なのかしらと千代は思った。

やっとお開きになったとき、英悟は思わずほっと溜息をついた。千代も同じ思いだったので、互いに顔を見合わせてしまった。源次郎は兄と兄嫁になった千代に挨拶すると、そうそうに勤務地に帰っていった。

二人はその場から新婚旅行に出かけた。高坂市から渋川へ、そして開通して間もない路面電車で伊香保に行った。山路をスイッチバックを何回か繰り返して登っていくのが珍しかった。英悟も千代も伊香保は初めてであった。

湯煙がどこからともなく漂ってきて、温泉地特有の雰囲気が二人を取り巻いた。長い石段があって、両側に旅館が並んでいる。その中ごろにある旅館に入ったときはもう辺りは薄暗くなっていた。いよいよ新しい生活が始まるのだと思うと、英悟も千代も緊張するのだった。

「今日は偉い人ばかりで堅苦しくて疲れたんべ（でしょう）」

と、英悟が緊張を解きほぐすように千代に声をかけた。

「ええ。少し。でも、あなたのほうがお疲れになったんべ」

女性にあなたと言われたことがなかったので、英悟はちょっとくすぐったい思いがした。そういえばお互いに主語を省いて話してきたことに気が付いた。（おれは妻のことをなんて呼んだらいいのだろう。最初が大切だ）と英悟は思案した。（そうだ、名前を呼ぼう。それが一番いい）彼は思い切って千代と言った。

「千代、わたしは総領だから家を守っていかなくてはならない。弟の源次郎は学校の先生になって家を出て行ったからいいが、まだ妹がいる。親父とゆき子とはうまくやっていってほしい」

「はい。お父様もゆき子さんもいい人なので安心です」

新しい家族とうまく付き合っていけるだろうか心配だったが、心配すればきりがないと思い、新妻は殊勝に応えた。千代にはそういう度胸というか、ものごとをくよくよ考えないところがあった。母親譲りの性格なのかもしれなかった。母親も千代の弟があれこれ悩んだりしていると、思ったようにやればいいんだよと言ってのけたものだ。そんな生き方を聞いて育ったせいだろう。

二人は伊香保に二日泊まって、それで新婚旅行は終わりであった。家に戻ると早速近所に挨拶して回った。翌日から英悟は店に出た。家の中は若い女性が一人加わっただけで急に華やかになった。栄蔵は自分の若いころを英悟に重ね合わせて、まるで自分が嫁をもらったように喜んでいるのだった。

英悟は店の品物の名前を覚えるだけで疲れた。次いで品物の値段も覚えなければならなかった。清吉が手取り足取り教えてくれなければどうにもならなかったろう。父は店を開いたけれども、ほとんど清吉任せだったのである。自身は町長の仕事に精一杯だったのである。

ただ、栄蔵が考えたように、町には競争相手の店がなかったから、客足が途絶えることはなかった。始めのうちは、客が店に入ってきたときに、「いらっしゃい」と言うことにも恥ずかしさを感じて、声が小さくなった。

「若旦那、もっと大きな声で呼び込みましょう。これ、商売の基本です」

清吉に言われた。若旦那と呼ばれたのも照れくさかった。客が帰るときには、有難うございましたと大きな声で言うことができるようにもなった。もう質屋のほうは廃業状態であったが、もし、質屋をやっていたら、値踏みや駆け引きで英悟は苦労したことだろう。中古品などの値踏みほど難しいことはなかった。客の表情まで読まなければならなかったからだ。

清吉の助けで英悟は徐々に商売を覚えていった。商売は順調であった。

一方、千代は環境の変化にそれほど苦労することなく、利根崎家の習慣に馴染んでいった。ただ、正月の目の回るような忙しさには驚かされた。静かなのは元日だけで、二日からは年賀の客がひきも切らずにやって来た。押し寄せてくるとでも言いたいほどであった。玄関先の挨拶だけで帰る客はほとんどいない。栄蔵はいちいち客の相手をするのである。上がりこんで三時間も帰らない客もいる。それが延々四日まで続くのであった。それでも栄蔵は決して嫌がらず、来る客には酒を振舞って接待した。栄蔵は酒が特別好きなわけではないが、このときばかりは喜んでいるふうであった。町長の地位を実感しているのかもしれなかった。何時間も居座る客は、町長との親密度を誇示しているようでもあった。

料理は上州館からの取り寄せだが、皿に小分けにして出さなければならない。料理を運んでゆくと、新しく来た息子の嫁ということで、まあ一献と酒を勧められることもあって、千代も多少は相手をしないわけにはいかない。千代は台所の用ですぐ席を立つからいいが、誰にも区別なく杯を交わす栄蔵は、体がよくもつものだと感心した。

千代が驚いたのは初めての正月だけで、次の年にはもうそれが当たり前のように慣れてしまっていた。

翌年には初めての子供が生まれた。男の子であった。栄蔵も英悟も跡継ぎができたことに大喜びした。その誕生が家族みんなの歓迎を受けた長男は、どことなくひ弱で、泣き声も弱弱しくてみんなを心配させた。そして翌年には風邪を引いたのか高熱を出して、医者の手当ても甲斐なく死んでしまったのである。家族の落胆は大きかった。千代は自分の産んだ子の死が信じられずに泣いた。しかし、初七日を過ぎたころには、諦めがついて、すっかり立ち直り、いつもの元気な千代に戻っていた。

その翌年にもまた子供が生まれた。今度は女児で、亡くなった長男の穴埋めを期待していた栄蔵と英悟をがっかりさせた。千代はそれがまるで自分の責任であるかのように思って、家の中で小さくなっていた。この子は多美子と名づけられた。英悟は顔をくしゃくしゃにしてよく泣くこの小さな生き物に強い生きる力を感じた。あやすとにこっと笑う。それがなんとも言えず愛らしい。千代が乳を含ませるとよく吸った。この子はよく育つよと、栄蔵も期待はずれだと言ったのも忘れて、今ではすっかり孫の多美子の虜になっていた。ゆき子は多美子を自分の子のように可愛がった。自分もいつかはこんな可愛い子を産むことになるのだろう。将来の人生を実感するのだった。

ゆき子にもそろそろ結婚話が持ち上がってきていた。ゆき子は少し下膨れだが町中では美人のうちに入っているから、結婚話がきて当たり前でもあった。ところが町中には女学校出の娘とつりあう、教養のある男は見つからない。ゆき子も町の男には興味がなかった。彼女は女学校の修学旅行で行った東京に憧れを抱いていたのである。東京の街はどこも素晴らしかった。浅草も、銀座のデパートも、兄の話していた路面電車も素晴らしい。しかし自分で東京暮らしはできない。となると、女の身で考えられるのは、東京に住む人のところに嫁に行くことであった。そんな次第でどの話も断るものだから、そのうちに結婚話はこなくなってしまった。二十四歳になっていた。田舎では早いものは十七か八で嫁に行く。二十四にもなると嫁の貰い手がいなくなると、誰もが心配するのだった。

英悟には次男が生まれていた。正一と命名された。長男は二歳にならずに亡くなっているから、実質上の長男になる。長男が病弱だったのに比べて正一は泣き声にも力強さが感じられ、英悟夫妻はほっと安心した。顔立ちもどこか利発そうに見える。いい跡継ぎになると思われた。

この家には幸運と不運が入れ違いに来るのか、正一の誕生が祝われた翌年には栄蔵が脳溢血で亡くなった。あっという間のできごとであった。役場の仕事を終えて帰ってきた夜、頭が痛いと言って、夕食も二口ほど口にしただけで寝込んだ。翌朝、ゆき子が起こしに行くと、寝床の中で息絶えていたのであった。五十八歳であった。現職の町長が亡くなったのと、普段から面倒見がよかったのとで、役場の人たちばかりか、町の有力者たちが入れ替わり立ち替わり弔問に訪れた。英悟と千代たちはその応対に追われた。

葬儀は町でかつてない盛大なものになった。花輪が家の前に並びきれずに家を囲んだばかりか、目抜きの通りに告別の焼香に来た人の長蛇の列ができた。住民みんなが参加したと思われた。何人もの人によって、栄蔵の町長としての業績を讃える弔辞が読まれた。業績の一つが町に製糸工場を建てたことであった。もともと町は奥の村からの生産物が集まる集散地として栄えている。ここに近在の養蚕農家から集められた繭を糸に加工する工場があれば便利でもあるし、事業としても成り立つと考えたのが栄蔵だったのである。さらに、駅前の土地に製材工場を誘致した。駅前だから加工した木材はその場で貨車に載せて運ぶことができ、能率的だったのである。こうして町は活気付き発展したのであった。

栄蔵の家には商売の相談に来る人々も多かった。役場をひけて家に帰ってきても休まることがなかった。時には家庭のトラブルを持ち込んで、仲裁を依頼してくる者もいた。栄蔵はそれらに親身になって応えた。こうした彼の的確な判断ができる能力、指導力や誠実さが人々をひきつけたのだろう。

英悟は今更のように父の偉大さを思い知らされた。父は家では絶対の権力者ではあったが、他人からそれほど賞賛される存在とは感じていなかったのだ。親子というものはそういうものなのかも知れない。相続する資産については、折々の時に何となく知らされていたが、人間関係については、その広さに驚かされるばかりだった。

英悟はよほどショックが大きかったとみえて、このころから経を唱えるようになった。どこで覚えたのか朝晩仏壇に向かって唱えるのだ。

二

父が亡くなった翌々年には浩二が生まれた。またまた悲しみの後に喜びが訪れたのであった。浩二も元気な赤ん坊であった。あまり夜泣きをしないので、千代は言うのであった。

「多美子のときは夜泣きでずいぶんおおごと（たいへん）だったけど、浩二は手のかからない子だねえ。大きくなったら、きっと親孝行の息子になるよ」

長女多美子は来年小学校へ、正一は三歳になったところであった。こうして、父栄蔵がいなくなった家の中の空白が埋められて、それにも増して子供の泣き声、騒ぐ声で賑やかさを増したのだ。

栄蔵が亡くなってすっかり元気がなくなった英悟と反対に、千代は自分がしっかりしなければならないと感じたのか、今では千代の家庭での采配が目立つようになった。英悟が何か言っても無視されて、千代の言うことが通った。子供たちも母の顔を見ている。ゆき子は妹として兄を情けなく思うが、別の家族だから見てみぬ振りをしていた。

正一はそのころからものごとに熱中する性格を見せ始めた。多美子に与えた絵本をお下がりで見せると、同じ絵本を何度も見て飽きることがない。一体誰に似たのだろうと皆が不思議がった。

浩二が二歳になったとき、ゆき子に縁談が持ち上がった。

「お相手の人は高坂藩の士族出でしてね。再婚といっても奥さんとは死別ですし。それに、そういってはなんですが、ゆき子さんも贅沢を言える年でもないですから」

と、高坂市在住の仲人は英悟夫妻に言った。維新以後、士族というものは存在しないが、それでもまだ士族という言葉の持つ響きは、たとえ傘張り浪人であっても、商人には重みが感じられるのである。

今まで何回も話は持ち込まれていたが、見合いするまでもなく、いわばゆき子の門前払いだった。ところが、今度はゆき子は話を聞くと、一も二もなく乗り気になった。ゆき子は二十七歳であった。理由は相手が「東京に住んでいる」からであった。憧れの東京に住めるなら、もう相手が十歳年上であろうが、再婚であろうと問題ではなかったのである。ゆき子は見合いを承諾する理由として、東京に住めるからとは言えないから、銀行に勤める真面目そうな人だからと答えた。

　相手は有田宗治といい、高坂出の人で、東京で銀行に勤めているという。妻に先立たれての再婚だから、ゆき子の年齢は気にならないとのことであった。こうして話はとんとん拍子に進み、有田の故郷である高坂で式を挙げた。

　兄の英悟はゆき子に桐の箪笥一棹と茶箪笥、ちゃぶ台を持たせただけであった。

「洋服箪笥とか座布団とかも加えたらどうだろうな」

　と、英悟は控えめに言ったが、たちまち千代の反対に遭った。

「有田さんが所帯道具は間に合っていると言ったじゃありませんか。うちだってこれから子供が増えることだし、そうでなくても出る一方なんですから。要らないと言うのに、なにも見栄を張ることはないでしょうよ」

　親の遺産を少しでも減らすことを恐れていた英悟は、嫁の言うことに同調した。それは嫁の言うなりとも言えた。いつから嫁の主張がとおり、英悟の家長としての立場が失われてしまったのだろう。ゆき子はそんな兄が歯がゆくてならないのである。その兄の弱さのせいで、今度は自分への嫁入り道具が削られたのだ。持参金もないのだ。

ゆき子は不満であった。父親の栄蔵の遺産が有り余るほどあるのに、なんとケチな兄夫婦なのだろうとゆき子の心は傷ついた。

新婚旅行は熱海に行った。旅館に着いて二人きりになったとき、宗治が鞄の中から預金通帳を取り出して言った。

「わたしは銀行に勤めているけれど、まだヒラなので預金もこれだけしかない。しかし、これからも一生懸命働いて決して貧乏暮らしはさせないつもりです。それでもいいですか。いやならすぐ実家に帰ってもいいです」

お嬢さん育ちのゆき子は通帳の額を見て驚いてしまった。東京で所帯を切り盛りするのに月に幾らかかるかわからないにしても、これで一ヵ月はまだしも、二ヵ月ももつのだろうかと不安になった。だが、今更実家に帰るわけにはいかない。

「わかりました。わたしもやりくりします。よろしくお願いします」

と、答えたのであった。もう退くことはできない。ゆき子は人生で初めて覚悟を決めたのであった。新婚の世帯は大崎の借家で営まれることになった。

三

田舎では英悟にまた男の子が生まれていた。信三と名づけられた。

英悟も仕事を覚えて商売のほうも順調に伸びていた。子供が次々に生まれて手狭になったので、家を作り替える事にした。質屋のほうは必要なくなったし、洋品屋の店を拡張しようというのである。建物も二階建てにすれば、これから子供たちが大きくなっても不自由せずに済むだろう。住み込みの子守にも一部屋要る。そう考えると家屋はコの字型になった。地所は広い庭を少し減らせば問題はない。費用は父の遺した山の一つも売れば困ることはなかった。

幸いに目抜きの通りに面した家作に空きができたので、家を作る間そちらに移住することにした。店も狭いけれど開くことも出来た。育ち盛りの子供三人が日がな家の中を駆けずり回り、赤ん坊が一人泣き叫ぶ。賑やかなことこの上ない有様だった。

こうした日々を送るうちに地鎮祭、上棟式と新築の家は形を成していった。

新しい角一商店は目抜きの通りのほぼ中央に見事に店開きした。町の大店のうちの一軒として、堂々たる存在感を示した。新式のトリコロールに彩られた日除けが店先に伸びて、そこだけはパリの店のような雰囲気で店を盛り立てた。来客には石鹸が配られて、開店日は大盛況であった。

そのころ、東京・大崎のゆき子たちには恐ろしいことが襲いかかっていた。大地震である。地震が起きたとき、ゆき子は部屋を掃除していたが、地震と気づかず家の壁がぼろぼろ落ちるのに、

「今日はなんて壁が落ちるんでしょう。安普請のせいかしら」

と、のんきなことを言っていた。掃いても掃いても壁が落ちてくる。しばらくして地震と気づくと怖くなって腰が抜けた。膝ががくがくして立っていられなかった。時折ぐらっとくる。余震だ。余震と言ってもかなり大きい。何度か余震が来たが、壁が落ちたほかは家に被害はないようであった。ゆき子はほっとして宗治の帰りを待った。

夜、遅くなって宗治が銀行から帰ってきた。電車が止まってしまって、歩いて来たのだという。ゆき子の報告を聞いて、

「そうか、大したことでなくてよかった。おまえにも怪我がなくてよかった。近所に火事が起きなかったのも幸いだったな」

宗治はゆき子の顔を見て胸をなでおろした。宗治の話によると、道々に消防団や自警

団が集まって通行人を誰何（すいか）しているという。傾いたり倒れたりした家もあるようだ。ちょうどお昼近かったので、炊事をしていた火が燃え移って方々で火事が発生した。その火がまだ収まっていないところもあるらしい。

家ではゆき子が掃除をしたので、壁はところどころ落ちているが、畳は綺麗になっている。座敷はまあ大丈夫そうである。しかし、雨戸ががたぴしして閉まりが悪い。

「こんな大きな地震は初めてだ。明日も電車は走りそうもないから、自転車で出勤しなくてはならないな」

遅い夕食を済ましたところへ、近所の在郷軍人の吉河という人が来て、自警団を作ったのでできる限り参加してほしいと言う。

「じゃあ、ちょっと行ってくる」

宗治がいなくなると急にゆき子は心配になった。自警団を作るという以上、そんなに物騒なのだろうか。こんなところへ強盗でもやってきたらどうしたらいいのだろう。あわてて玄関に心張りをかけて戸締りを固くした。

宗治が戻ってきたのは夜中だった。

「いやあ、地震の被害はかなりのものらしい。この騒ぎに乗じて悪いことを企んでいるやつとか、主義者や朝鮮人が何をやらかすかわからないから気をつけてくれと言われた」

主義者というのは無政府主義者とか社会主義者のことである。現在の体制を転覆しようという人たちとして、恐ろしがられているのであった。朝鮮人も何をするかわからないという。自警団が竹槍などを持って、夜を徹して交代で辻に立ち、警護しているということであった。

翌日になるといろいろな情報が乱れ飛んだ。浅草の十二階建てのビル、凌雲閣がもろくも崩れ落ちたという。地震そのもので倒れた家、火事で焼けた家など無数だと聞いて恐ろしくなった。我が家は壁が落ちただけでよかったと、ゆき子は胸をなでおろすのだった。

次の日には戒厳令が布かれて、あちこちに軍隊が出動しているという。ゆき子は怖くて街なかには出て行かないで、ありあわせの食材で食事を作ることにした。幸い井戸水は出るし、かまどは壊れなかった。昨夜、悪い者たちが井戸に毒薬をいれるかもしれないから、井戸のある家は注意するようにとお達しがあった。ゆき子の家では塀の中にあるからその心配はない。

夕方にはまた吉河という在郷軍人が来て、炊き出しの手伝いを頼まれた。この辺りでは家を失った人はあまりいないが、自警団の人たちにおにぎりを作るのだ。ゆき子は炊き出しの手伝いをした。

こんな騒動が何日続いたろうか。

栃木県で教員をしている源次郎からは早速震災見舞いの手紙が届いた。横浜に住んでいる宗治の姉・志津からも見舞いの便りがあった。この姉は自宅が被害を受けたというのに、宗治一家を気遣うのである。宗治が数多い兄弟姉妹の中で一番信頼している姉なのであった。

西井田町の英悟から手紙が届いたので、震災見舞いかと思ったら、震災にはひと言触れただけで、新築した店に客が押し寄せて、一家で嬉しい悲鳴を上げているという、のんきな中身であった。ゆき子は兄の能天気ぶりにあきれ返った。宗治も苦笑して止まないのであった。

世情がいくらか落ち着いてきた。しかし、新聞紙上では震災に乗じて不穏な動きをした主義者が、憲兵隊に逮捕されたというような暗い記事が毎日のように載っていた。

四

大震災の騒ぎもほぼ収まったころ、ゆき子一家は目黒駅近くに引っ越すことになった。宗治が勤めている銀行から、低い金利でお金を借りて中古の家を買ったのだ。

ゆき子の生活は目まぐるしく変わった。結婚話もすぐ決まったし、今度は家を購入するという、ゆき子にとってうれしいことずくめだった。

新しくなった家に、早速、ちょび髭を生やした小太りの兄の源次郎が引っ越し祝いの柱時計を持ってやってきた。

「震災のときはこっちもいろいろ取り込みがあって、何もして上げられんかったからね」

「わざわざこんな立派なものを有難うございます。うちの人も喜びますよ。源兄さんにはいつも気を遣っていただいて」

と、ゆき子はこの七つ上の兄に心から礼を言うのだった。源次郎は今は栃木県で教員をしているが、今度は東京の小学校に転勤になりそうだとのことであった。

「そうしたら、時々来られると思うよ」

と、源次郎は言った。夫の宗治とは年も同じくらいで竹を割ったような性格のせいか、二人は気が合った。宗治もこの義理の兄を好きであった。来ると、源次郎さん、源次郎さんと言って歓迎したので、碁をのんびりと打って泊まっていったりしたのである。

「向こうの小学校では、地元の金持ちの子供の成績を実力どおりに評価したもんだから、問題が起きてね。それまでの教師は親の立場に遠慮して、通信簿にいい成績をつけていた。それをわたしが実力どおりの点をつけた。貧しい家の子でも、勉強のできる子にはいい点を上げたんだよ。多くの父兄の間で喝采された。ところが、金持ちは面白くないんだね。うちの子は今までいい成績だったのに、今度の先生になったら成績が落ちた。これは教え方が悪いと言い出したのさ。親は町の実力者でもあるので、校長も困り果てた。わたしも胸糞悪いから、転勤してもいいですよと言ったのさ」

いかにも源次郎兄らしいことだった。

「ところで、西井田からは何か言ってきたかい。親父さんが亡くなってからは、音信不通になっていてね」

西井田とは長兄の英悟のことである。

「震災のとき、こっちはたいへんな騒ぎだったのに、新築した店が繁盛してなんてことを言って寄越したくらいですよ。うちの人とも苦笑いしました」

「まあ、ああいう人だからね。親の遺産は長男が継ぐのが当たり前とはいえ、ゆきちゃんの嫁入りのときは、ほとんど何もしてくれなかったんだってね」

「あれには悔しくて泣きましたよ。普通の家だってもう少しは何とかしてくれるでしょうに。あれだけ遺産があるのに、けちなんだから。源兄さんもお父さんの形見分けで革のベルトを一本もらっただけだったんでしょう」

「昔からお坊ちゃんで育ったから、他人の気持ちを忖度(そんたく)することがないんだね。悪い人ではないと思うんだけど」

源次郎は兄の人柄を決して非難するようなことはしない。ただ、思いやりに欠けるという言い方をした。もう英悟とはほとんど付き合いもないようであった。

希望通りになった教員生活を楽しんでいるのだろうか。正義感の強い人だけに、職場に不満もあるだろうに、この人は職業について愚痴をこぼしたことはない。聞く相手が不愉快になるようなことは言わないようであった。そこがあの人の偉いところだと宗治はゆき子に言うのである。源次郎は家族に縛られたくないからと、ずっと独身で過ごしてきている。係累によって正義が通せなくなるとでもいうのだろうか。けれども子供は好きであった。

そのころゆき子たちに初めての男の子が生まれた。剛史（たけし）と名づけられた。利発そうな子で、顔はゆき子に似ていた。誕生祝に源次郎が来てくれた。

子煩悩の宗治は帰りに寄り道をするようなこともなく、毎日決まった時間に帰宅して赤ん坊をあやすのだった。

剛史が生まれてから二年目に、今度は次男の義典（よしのり）が生まれ家の中は俄然賑やかになった。広い家を買ってよかったとゆき子は思った。義典の誕生祝にも、またまた源次郎が来てくれた。剛史は人懐こくて、源次郎が好きらしく、源オジタン、源オジタンといって、まとわりついた。源次郎もそういう剛史を可愛がった。

剛史の生まれたときに来てくれた宗治の姉の志津も、また旬日もしないで来てくれた。志津は小学校の教員をしていただけに、見るからに厳しそうであったが、剛史には甘いところを見せた。彼女にも同じ年頃の孫がいるが、後妻に行った相手の連れ子の子供だから、愛情が湧かないらしい。後妻に行った連れ合いはとうに亡くなって、今は独り住まいである。近くに住んでいる孫たちには煩わしさが先にたつのだろうか。まるで宗治の子供たちには実の孫のような接し方である。孫には与えないような絵本を、来るたびにお土産で買ってきてくれるのだった。剛史は同じ絵本を何度も読んですっかり覚えてしまうのだった。

五

大正という年号から昭和に変わったとたんに、第一次世界大戦の戦後不況がやってきた。義典が生まれた年に、金融不安から大きな商社が潰れると、そこに大金を貸していた台湾銀行が休業に追いやられた。全国の銀行に取り付け騒ぎが起きて、いくつもの中小の銀行が潰れたのだ。宗治の勤める銀行もその波をもろに被ったが、幸いに倒産することはなかった。

そして翌年、西井田の英悟に次女と五男が年子で生まれた。珠代と岳四郎である。珠代が生まれたころに兆候が見えていた不況は、岳四郎が生まれた年にアメリカに発生し、全世界にどっと広がった。世界大恐慌である。日本でも倒産が増大し、都会では失業者が街に溢れ、東北の農村では娘を売らなければ生活が成り立たないという悲惨な状況になったのである。

こうした身動きのとれない状況から、脱出するはけ口として狙われたのが、中国大陸であった。中国に進出している日本軍は関東軍と呼ばれ、泣く子も黙ると恐れられていた。この関東軍と中国軍との間で柳条湖で事件が起き、満州事変に発展した。軍の報道をそのまま鵜呑みにした新聞やラジオに乗せられ、国民は中国を懲らしめなければいけないと言い出した。心ある人は軍の発表に疑問を投げかけたが、その声はかき消されてしまった。不穏分子とか主義者として弾圧されたのであった。

ある日のこと、ゆき子は勤めから帰って来た夫の宗治に言った。

「今日、お巡りさんが来て、家族が何人いるかとか、年や職業を訊いていきました。近所に怪しい人がいないかなんてことも訊いていきましたよ」

「ふーん、景気が悪くて、それに乗じて主義者が活動するというので調べているんだろう。なんでも警視庁で取締まり台帳とかいうのを作ったらしい。この辺は怪しい人はいないから、問題はないと思うけど。泥棒にも目を光らせてほしいね」

家に押し入り、金を奪いながら、「戸締りが悪いから泥棒に入られるのだ、犬を飼いなさい」などと説教する説教強盗は捕まっていたのに、まだ人々の話題に上っていた。似たようなことをする泥棒が出ているので、宗治たちは心配していたのである。

ゆき子たちに三男・輝也が生まれた年に、日本と中国の間でごたごたしていた問題に大きな進展があった。満洲国の樹立であった。前年に天津から脱出させていた清朝の宣統廃帝溥儀を、満洲国の皇帝にしたのであった。国内の報道は「躍進する日本軍、敗退する中国軍」の一色であったから、国民はひ弱そうに見える皇帝に、なんとなく不安を感じながらも、新しい国が日本とうまくいくことを願ったのである。

このころから軍部や右翼の活動が激しくなってきた。

「へええ、三井合名会社理事長の団琢磨さんが若い男に射殺されたって。とんでもないことだ。いったい全体、こんなことが起こるなんて。これからどうなるのだろう」

と、新聞を見た宗治はそう言って嘆いた。つい先月には前大蔵大臣井上準之助がやはり男に射殺されたばかりだ。経済界に重きをなしてきた人たちが続けてテロに遭ったので、銀行に勤める宗治には特に衝撃が大きかった。物騒なことになってきた、と身にゾクゾクするような恐怖を感じていたら、今度は犬養毅首相らを射殺するという事件が起きた。団琢磨が暗殺されてから二ヵ月しか経っていない。血気にはやる海軍将校の一隊が首相官邸に押し入り射殺したというのである。

一方では恐慌の影響で東北や北海道などでは昼の弁当を持ってこられない児童が増えたり、家族心中などという悲劇が増えていた。

剛史は小学校に上がっていた。この辺は京浜工業地帯に近いので、下請けとしての家内工業の家が多い。家の土間に旋盤のような機械を置いて、鉄などを加工するのだ。剛史の友達にもそういう家の子が何人もいた。不景気になると、こういう下請けが先ず仕事が減って困るのであるが、それでも農業よりはいいのか、昼の弁当を持ってこられないという子供はいなかった。家の近くには貸家札を貼った家が増えていた。

六

西井田町の利根崎家では長女の多美子が足原町の女学校を卒業し、正一が足原の中学に進んでいた。大正の末には西毛鉄道も電化されていたので、中学に通うのも楽になった。

西井田町は北西と南西の村に入る二つの道の分岐点で、従ってここは産物の集散地でもある。両方の村からは繭、こんにゃく、砥石（といし）などが集まり、家庭雑貨や洋品などが運ばれてゆく。運んでゆくのは行商人だ。富山の薬売りのように、背中に大きな風呂敷包みを背負った行商人が散ってゆく。町には行商人宿が三軒もできた。

不況はこの地方には生糸の価格下落という形で襲ってきた。しかし、東北地方のように農家が疲弊するというほどではなかった。米作の割合が少ないせいもあった。葱やこんにゃくなどの野菜や、水はけのいい、言い換えれば他の野菜が栽培できないような傾斜地に、そばを栽培するなど、工夫していたことも幸いしたのである。

こんにゃくは山地でもできる。こんにゃく芋が成長して出荷できるまでには三年はかかる。できた芋は薄くスライスして細い竿に刺して天日に干す。スライスしたこんにゃくをすだれのように乾燥させている風景は、この地方の冬の風物詩になっている。乾燥させたこんにゃくを粉に加工して捌く店が次第に大きくなって、町の分限者になった。町の分限者の一人であった角一商店も、新しく勃興してきたこんにゃく商や砥石商などに、今ではその位置を取って代わられつつあった。新興の商人である彼らはまた、金遣いや遊興にも荒っぽかった。町中に堂々と愛人を囲うものも出てきたのである。相手は町の芸者であったり、高坂辺りの料理屋の仲居だったりした。

英悟の家ではこんにゃくを生の芋から作る。自分の家の畑で作ったこんにゃくの生の芋をおろし器ですり下ろし、糊のようになったものを煮て、アルカリを加えて作るのだ。乾燥した粉から作るのとでは味が違う。

「東京辺りで売っているのは、分量を増やすため粉を多くの水で薄めて作るから、水っぽくてなあ。西井田で生から作ったこんにゃくの味を知ってると、とても食えたもんじゃないんだ」

英悟は東京で食べた経験があるだけに説得力がある。それで妻の千代に作らせないと承知しないのである。

「こんにゃくなんて、ぼくはあまり好きじゃない」

正一は父の好みを笑っている。こんにゃくなどは栄養もないし、若者にはおでんの添え物くらいにしか考えられないのであろう。

正一は食事を終えるとすぐ部屋に籠って勉強に精出している。卒業したら東京の大学予科に進むつもりだ。そしてその後、大学へ。父は自分がまともな高等教育を受けていない負い目があるから、正一が大学に進みたいと言うと、一も二もなく許可した。東京の大学なら、この町には出た人がいない。ただ一人といえば箔が付くだろう。大学出の総領が跡を継いでくれたらこんな嬉しいことはないのである。

勉強の甲斐あって正一は中央大学の予科に入ることができた。不況のせいか下宿を探すのに苦労はしなかった。彼は小石川にある二階家の、二階南向きの部屋に下宿することになった。六畳一間でも荷物のない彼には十分の広さである。下宿のおばさんが作ってくれる食事も彼の好みに合う。東京での生活は満足すべきものであった。

彼は叔母であるゆき子のところに挨拶に行かなかった。五歳のとき嫁に行った叔母についての記憶がほとんどなかったのと、叔母の夫である有田宗治という人がどんな人かも知らないので、なんとなく行く気にならなかったのである。そのころ宗治は日比谷にある銀行の支店長になっていた。給仕として銀行に入った行員としては大きな出世であった。

翌年の冬は特に雪が多く寒かった。東京では二月に何度も雪が降った。二月の末近くにも大雪が降った。三十年来のことだという。朝、正一が下宿の雨戸を開けると、窓から見る家々の屋根は真っ白だった。

「昨夜ばかに冷えると思ったら、雪か」

大学に行くのに市電は走っているのだろうか。歩いて行くにはずいぶん積もっている。思案していると、下宿のラジオが陸軍の叛乱を伝えていた。都心は反乱軍によって通行禁止の状態になっているという。

「クーデターとはえらいことになった。彼らは鉄砲を持ってるから、撃ち合うようなことにでもなったら、どこが安全なのだろう。今日は学校を休もう」

正一は事態がどうなるかわからないので、逼塞（ひっそく）することに決めた。

有田宗治はその朝、目黒駅から省線に乗って、支店のある有楽町駅に向かっていた。駅を出るとなんとなく妙な雰囲気が感じられた。警官があちこちに立っている。通勤途中の会社員らしい人たちが、ビルの陰でヒソヒソ話をしているかと思うと、そっと辺りを窺っているようにも見える。いったい何があったのか。見ず知らずの人が宗治に話しかけてきた。それによると陸軍の一隊が叛乱を起こしたというのである。宗治は思わずぞっとしてオーバーの襟を立てた。

大通りはコートを着込んだ兵隊が、銃剣つきの小銃を水平に構えて交通遮断しているから、ビルの裏道を支店に急いだ。いつもの倍の時間をかけて、やっとの思いで支店にたどり着くことができた。

「いやあ、えらいことになりました。虎ノ門から赤坂にかけては交通できないようです」

どこから仕入れた情報なのか、先に来ていた庶務課長が言った。

「そう。こんな状態じゃ今日は仕事どころじゃないね。お客さんも来られないだろうし」

とうとう一日の業務は無為に過ぎたのだった。夜になってラジオが全貌を伝え、とてつもない事件だということが全国に知れ渡った。首相以下多くの国家の重鎮が惨殺されたという。翌日には戒厳令が敷かれたのであった。

叛乱軍は警視庁や朝日新聞社も襲撃したという。

宗治は翌日も出勤した。事態は変わっていないようだ。むしろ悪化していて、叛乱軍に対して正規軍が鎮圧にかかるらしい。一触即発の事態である。もし軍隊が撃ち合うようなことになったら、同士討ちになってしまう。えらいことだと噂し合っていると、宗治の部下が、

「こんなものが道に落ちていました」

と、一枚のビラを拾ってきた。包囲軍が叛乱軍に撒いたものだということがすぐわかった。「下士官兵に告ぐ」とある。「今からでも遅くないから原隊へ帰れ。抵抗するものは全部逆賊であるから射殺する」というような文面であった。

「物騒だね。ほんとに撃ち合いをするんだろうか」

そうなったら市街戦である。道路には戦車が走り回っているらしい。空には「軍旗に手向かうな」という警告を垂らしたアドバルーンが揚げられていた。

七

いろいろな噂が流れたが、結局は叛乱軍は四日も経たずに押さえ込まれて、東京は平静になった。正一たちも学校に戻った。学校では叛乱軍に同情するものもいたし、重臣を大勢殺傷したのだから厳罰に処すべきだと主張するものもいた。正一は天皇陛下が逆賊だと言っているのだから、軍法会議にかけられて当たり前だと思っていた。

こういう事件についての意見を述べるときは、いつの間にか皆小声で話すようになっていた。官憲に圧迫されてきた庶民の知恵だったのかもしれない。

西井田町ではこの大事件でもほとんど騒ぎにはならなかった。少し眉を顰めて「えらいことでしたなあ」と言うくらいであった。騒ぎが収まってしまえば、庶民の生活には直接何の影響もなかったのである。英悟も関心を示さなかった。正一からの手紙にも、東京が平静を取り戻したことが淡々とした言葉で書かれていた。英悟の関心事は浩二に移っていた。

浩二は兄弟の中でも一番成績がいい。親はできのいい子を見ると、すぐこの子は天才ではないかと思いたがるものだが、浩二は本当にずば抜けてよくできた。彼は東北の高等学校を目指していたのである。将来は医者になるつもりだと父や母に遠慮がちに漏らすのだった。そして翌年見事に希望通りの高等学校に入学し、仙台に旅立っていった。

浩二に比べてその弟の信三は体つきも太り気味で、これが兄弟かというほど似ていなかった。親兄弟の中で目の悪いものはいなかったのに、信三だけはかなりの近視で、びん底眼鏡をかけている。性格はおっとりしていて、妹や弟のような年下のものには不思議と慕われた。小学校のころから小説を読むのが好きで、本の読みすぎから近視になったと思われていた。ずり落ちてくる度の強い眼鏡を指の先で上げながら、本を読んでいるところがよく見受けられたものである。

英悟は正一も浩二も家業を継ぐ見込みがないので、信三に期待をかけた。正一は何になるのかわからないが、学者になるような気がする。浩二は医者を目指しているので、きっとそうなるだろう。残るは信三ということになるのだった。

正一が大学に入った年に、長女の多美子は遠い親戚の仲立ちで嫁に行った。相手は商社に勤めるサラリーマンであった。家は横浜にあって港に近かったので、絶えず港に出入りする船のボーッという汽笛が聞こえた。山の中の町に育った多美子にはそれが珍しかった。多美子は嫁に行った二年ほどはお盆などに里帰りしたが、子供ができるとそれも一年おき二年おきと遠のき、やがて英悟のもとに顔を見せなくなった。遠くに嫁に行った娘などというものは、葬祭ぐらいしか里帰りしなくなるものなのだろうと、英悟のほうでもいつの間にかあまり考えないようになっていた。

信三は兄たちの出た足原中学校に入学していた。中学でも成績は中くらいだったが、クラスの仲間には人気があった。度の強い眼鏡をかけていたのと、体力が軍事教練向きではなかったので、彼はいつも配属将校に怒鳴られていた。陸軍は中国との戦争に深入りし始め、全国の中学には陸軍の退役将校を配属してきていた。彼らの下で軍事教練が行われていたのである。重い歩兵銃を持たされて、駆け足だの匍匐（ほふく）前進だのをさせられる軍事教練が好きだ、というのはクラスで一人もいなかった。

国家総動員法という法律が施行されて、世の中が何となく窮屈になってきた。と思っていたら、ヨーロッパではドイツがポーランドに侵攻を開始し、イギリスとフランスがドイツと戦争を始めた。ドイツではヒトラーが首相と大統領を兼ねる総統になって五年目のことであった。ヒトラーの演説スタイルの格好よさ、演説の歯切れのよさが伝わってくると、日本ではわけもわからずに人気が沸騰した。ヒトラーの格好を真似る子供たちも出てきた。

「ヒトラーって何だか格好がよすぎるんだよなあ。大戦争にならなければいいんだけど」と、信三がクラスの友達に言うと、友達はドイツの勝利であっという間に戦争は終わるさと言って、信三の気の弱さを笑った。

しかし、ソ連もポーランドの東部を占領。ドイツはさらにベルギー、オランダなどに侵攻し、イタリアはイギリス、フランスに宣戦布告と、ヨーロッパ入り乱れての戦争になってきた。日本も怪しくなってきた。中国大陸での戦争は泥沼化し、アメリカからは中国から軍を引かなければ石油を売らないと通告を受けたのである。石油の輸入が止まれば、日本の軍も産業も成り立たなくなる。日本政府はアメリカとの関係改善策を模索したが、ついに交渉は決裂して戦争に突入した。日本は中国を侵略しながら、アメリカ、イギリス、オランダと戦いを始めたのであった。

信三が富山県にある高等商業専門学校に入学した年の暮れに、日本は真珠湾攻撃をして、日米の間で戦争が始まった。信三が高等商業学校を選んだのは家が商家だというだけの理由だった。兄二人は勉強が好きで、とても親の跡を継ぐようには見えない。結局は自分が後を継ぐことになるだろうと考えたのである。

富山はもう雪が降っていて寒かった。寒いけれども、彼は初めて親元を離れての自由な生活に満足していた。市内の下宿には遠くの地方から来た仲間が集まっていて、それぞれの地方言葉で語り合う生活は楽しかった。日本は広いなあと実感したり、自分が井の中の蛙のように思えたりした。

ここでもラジオから流れる臨時ニュースに、皆は胸を躍らせていた。『軍艦マーチ』や『敵は幾万』という歌に続いて流れる「大本営発表」と言う言葉には、期待させるものしか感じられなくなっていた。それほど優勢な戦況に日本中が酔いしれていたのである。

下宿には家主のおじさんの部屋にしかラジオがなかったので、ラジオから『軍艦マーチ』や『敵は幾万』が流れ始めると、皆おじさんの部屋に集まって耳を澄ませるのだった。「赫々たる戦果」が発表されるたびに、歓声が上がった。いつしか信三もその中の一人になっていた。

日本軍の勝利のニュースを聞くのは心地よいものであったが、ここでも軍事教練があって、信三は近視のおかげで、配属将校には辛く当たられた。軍隊でもこんなに痛めつけられるのだろうかと思った。そんな軍隊などには行きたくない。日本国民は二十歳になると全員徴兵検査をうけ、よほどの病弱でない限り、軍隊に入らなければならないのである。そのときは病気で不合格になりたいと思った。

中学では仲間が幼年学校に志願していく姿を見た。今彼らはどうしているのだろう。もっと辛い訓練を受けているのだろうか。彼らは志願して行ったのだから、仕方がないにしても、自分は軍隊だけは嫌だと思った。

故郷からの便りで兄の正一が大学院に進んだとあった。大学院に進むというのだから、大学の成績もよかったに違いない。将来は教授にでもなるのだろうか。来年には下の兄の浩二が東北大学の医学部を受験するという。浩二兄のことだからきっと入学できるだろう。そして将来は人の命を救う仕事に就けるのだ。羨ましい。でも、軍医として徴用され、戦地にでも派遣されたらどうなるか。これから先のことを考えると頭が痛くなるのだった。

夏休みには下宿はがらがらになった。皆、初めての夏休みなので故郷に帰ったのだ。残っていても友達が誰もいないので、信三も帰ることにした。

八

宗治のところでは長男の剛史が山形の高等学校に受かって、旅立って行った。ゆき子の家も少し寂しくなった。

翌年になると宗治は銀行を五十五歳の定年で退職して、小さな協同組合に勤めることになった。近所の人の仲介によるものであった。勤務先が変わったことでのストレスから か、半年もしたころに宗治は突然脳溢血で倒れた。家で夕食の最中、崩れるように横に倒れたのである。家で起きたのが不幸中の幸いであった。往診に来た医者は動脈硬化と高血圧のせいだと言った。好きだった煙草も、塩辛い食事も制限されて、半身不随で寝たきりの生活が始まった。

物資がどんどん少なくなってきた。ついに味噌、醤油、衣類などが切符制になって、切符がないと買えなくなった。各家庭に切符の割り当てがあったが、切符があっても満足にものは買えないのだった。

「こんなことじゃ、生きてゆくのもたいへんだよ」

人々は集まるとは小声で愚痴るのだった。うっかりその筋に聞かれて、告げ口されたらたいへんだから、誰もが小声で話すのである。フランスの国歌を歌ったのが知れて憲兵隊につかまった大学生がいるという噂も流れていた。

だんだん食料も手に入らなくなってきて、人々は郊外に食料調達に出かけていった。ゆき子もツテを頼って駒沢のほうの農家に買出しに行った。しかし、大した収穫はなく一度でやめてしまった。

主食は、軍関係の人や軍需工場で働く工員などは、戦争をするのに大切な仕事をするのだからと、一日三合の米の配給がある。一般の人は二合ちょっとしか配給がないのである。そのうえ決められた量も買えなくなってきた。

蕎麦屋や食堂に行っても、食券を持っていないと蕎麦もスイトンも食べられない。スイトンというのは汁の中に練った小麦粉の玉を落として煮たものだ。こんなものさえ、食券を持って行列しても、品切れになると食べられないのである。輝也も鍋を持って、母ゆき子の代わりに行列に何回も並んだ。始めのうちはそれが何とも惨めな思いだったが、慣れてしまうと諦めが先にたった。

歩道の石畳がはがされて、道に防空壕が掘られた。覆いも何もないただの穴だから、街灯もついていない夜道などは危なくて仕方がない。雨が降れば雨水が溜まった。こんなものが本当に役をなすのだろうか。穴に潜んで爆風を避けるというだけであろう。焼夷弾で焼かれたら役に立たないというのは、焼夷弾を落とされた場所ですぐに証明された。

そんな中、宗治の家に源次郎がやってきた。国民服という緑がかったカーキ色の服に、戦闘帽を被っている。

「今度軍属の召集を受けて南方に行くことになったので、お別れの挨拶に来たんだ」

「いつですか。南方ってどこになるんですか」

ゆき子は突然のことに驚いた。

「来週なんだよ。どこへ行くのかは知らされていない。軍の機密だというんだ。五十を過ぎたわたしなんぞまで戦地に行かなければならないなんて、大きい声では言えないけど、もうこの戦争は終わりのような気がするよ。それにしても宗治さんはお気の毒だね。空襲が多くなるようだから、気をつけて。とにかく逃げとおすことだ」

「そう言う源次郎兄さんも体に気をつけてください。南方ではマラリアなんて病気があるそうだから、くれぐれも病気に罹らないようにね」

宗治もゆき子も源次郎の身を気遣った。戦地に行くというのに、源次郎にはわずかに残っていた紅茶を淹れて出しただけであった。茶菓子も何もないのである。いわゆる水杯のようで、こんな別れ方をしなければならないのがゆき子には辛かった。

戦局はますます悪くなってきた。連合艦隊司令長官が南方で乗っていた飛行機を、敵に撃ち落されて戦死した。宗治はラジオの報道に涙を流すのだった。

ヨーロッパでは日本と同盟を組んでいたイタリアがアメリカ・イギリス連合軍に無条件降伏した。いよいよ日本も危ないのではないかと、日本人に不吉な予感をもたらした。

ついこの間元気な姿で別れた源次郎が、輸送船ごと台湾沖の海に沈められたと、西井田の英悟から連絡があった。役場から知らせが来たと事務的に手紙に書いてあるだけだった。水杯を交わしたのがいけなかったのかと、ゆき子は兄のために涙が止まらなかった。

翌年三月九日の夜のことだった。暗い空に轟音をとどろかせて、B29爆撃機が後から後からゆき子の家の上を通っていった。かなりの低空を我が物顔で移動してゆく。防空壕に入るのも忘れて見上げると、何本もの探照灯に照らし出されたB29爆撃機が続々と東北方向に向かっていくところだった。屋根に上って見ると、東北の方向の空がまるで夕焼けのように真っ赤に染まって、いつまでも消えそうもなかった。屋根の上から、義典と中学一年を終えたばかりの弟の輝也は、ただ呆然と見ているばかりであった。これが翌日になってわかった本所・深川の大空襲だった。

相変わらず軍の統制によるラジオ放送では、たいした損害ではないようなことであったが、本所・深川は焼夷弾でほとんど壊滅的な打撃を受けたという。中学五年で卒業間近にもかかわらず、軍需工場に勤労奉仕に行っている義典が、工場に行く途中で見た惨状は、輝也やゆき子たちを震え上がらせた。真っ黒焦げになった丸太と見えたのは、焼け焦げた人間だったというのである。あまりにも数が多くて処理しきれないで、道に転がったままだという。

三月十日は陸軍記念日であった。空襲は三月九日の夜中から十日にかけてあったので、敵はこれ見よがしにこの日を狙ったのだという噂が流れた。

本所・深川のようにやられたら、寝たきりの宗治と一緒では逃げることもできない。ゆき子は直ちに疎開することを決断した。時間には猶予がない。高坂市には宗治の兄が二人いるが、いずれも自分たち一家が暮らすだけで汲々としているから、とても疎開先として頼めない。あまり気が進まないけれども、ゆき子の実家はゆとりがあるので、疎開先を兄の英悟に頼むことにしたのであった。

九

英悟の家はなるほど広かった。大震災のとき知らせて寄越したとおり、部屋数にして一、二階合わせて九部屋もある。子供が増えたとき用にと思ったのだろうか、それとも角一商店としての見栄か。ゆき子たちはとりあえず二階の二部屋を借りることになった。宗治が寝たきりなので八畳間を宗治とゆき子が占め、隣の四畳半に義典と輝也が寝ることになった。次男の義典は静岡県の工業専門学校の受験寸前だったが、戦争が末期症状になったので、受験を取りやめたのである。

「春休みの期間なのでちょうどよかったです」

と、ゆき子が兄嫁の千代に言った。輝也は中学一年を終えたところだったから、こちらの中学には二年に転入することになる。

「新学期にはまだ間がある。ゆっくりするがいい。義典くんと珠代は一つ違いなんだね。珠代のほうが妹になるのか。輝也くんには珠代という姉さんができたし、岳四郎という兄さんもいるから、仲良くしてもらいなさい。新学期が始まるときは伯父さんが中学に連れて行ってあげるよ」

と、英悟も少し格好を付けて伯父らしい言い方をした。

輝也たちが一番ほっとしたのは、警戒警報のサイレンが鳴らないことだった。ましてや空襲警報など鳴りはしない。こんなに心が落ち着くとは皆久しぶりのことだった。

ゆき子一家が落ち着いたころ、富山の学校に行っていた信三が卒業して帰ってきた。今まで英悟夫婦と珠代、岳四郎の四人で寂しかった家の中は、急に五人も増えて賑やかになった。そこへ正一まで大学院を終えて帰ってきた。正一はすらりとした背丈に、のど仏が目に付く青年になっていて、英悟も千代もその成長振りに目を細めた。掘り炬燵の周りに集まった家族の中でもひときわ大人びていて、親である英悟も一目置くのだった。話すことは理路整然としていて、誰もが口を挟めなかった。

ゆき子も手伝って作った食事は、二家族一緒にとるには部屋が狭いので、ゆき子たち家族用は二階に持って上がった。これが後に千代とゆき子の確執をもたらす一因にもなったのであった。千代が自分の子供たちに、一品余分におかずを作って与えていたというのである。ゆき子がたまたまそれを見たという。

「わたしはそれが悔しくて、悔しくて。子供がおなかを空かしているのは、岳四郎だって輝也だって同じでしょうに」

と、ゆき子は後に転居してから輝也に言った。ゆき子は千代の行為が許せないのである。輝也はそれほど悔しいとは思わなかった。本当だとすれば、千代の行為も親としてはわからないでもなかった。乏しい食物を、自分の子も、他人の子も分け隔てなく与える親がいるとすれば、まるで神のような存在であろうと思ったのである。

商売のほうは店を開けてはいたものの、休業状態だった。買い手もほとんど来ないし、売る商品もないのである。英悟は店を空けて、もっぱら畑で野菜作りに精を出していた。田舎といっても農家ではないから、急に十人にもなった家族の食料を調達するのはたいへんである。幸い庭に隣接した小さな畑もある。また、家作の裏にも畑がいくつかある。

「今日は信三と義典は山に入って薪を拾っておいで。そろそろ風呂の薪がなくなるころだ。輝也はジャガイモを植える手伝いをしておくれ」

輝也は疎開寸前まで兄たちと目黒の家の庭で野菜を作っていたから、トマトやキュウリ、ナス、カボチャ、小松菜などの栽培は経験がある。しかし、ジャガイモは初めてだった。

「こうして切り口に灰をまぶしてな」

伯父が半分に切ったジャガイモを輝也に見せて説明する。

「灰は殺菌作用があるから、こうして埋めておくと切ったところから腐らないいんだ」

大して広い畑ではないのですぐ終わった。終わると、今度は家作の裏にある畑に行く。

町中を鍬を担いで行くのも、気にはならない。次の畑では小松菜の種を蒔いた。

「もう少ししたら、キュウリやトマトなんかも植えられるよ。その先の角に落ち葉の山があるだろう。こうして乾かないように絶えず水をくれておくと、いい堆肥ができるんだ。落ち葉なら山にとくせえ（たくさん）あるからな」

山に薪を取りに行った信三たちも背負子にいっぱいの薪を結び付けて帰ってきた。初夏に蒔く種や、肥料の下ごしらえなどをして一日は終わるのだ。

帰ってくると風呂用のまき割りが待っていた。三十センチほどの長さに切った太いまきを、切り株の台の上に立てて斧で割る。なかなか一度では割れない。慣れてくると一撃でまきは半分に割れた。うまくいったときは、力をいれなくてもパンと割れるのである。

「輝也くんもツボを会得したようだね」

と、眼鏡を指でずり上げながら、信三が輝也をほめた。信三は特に輝也を可愛がった。

輝也も信三が好きであった。

あるとき信三が畑仕事をするため、鍬を取りに輝也を連れて蔵の一つに入ったことがある。輝也は蔵の中を見るのは初めてだった。信三について入ると、高いところにある窓からの光だけで、中は薄暗かった。鍬など普段使う道具のほかは埃まみれである。畑で使ったであろう篠竹や、何に使われたかしれない板などが埃を被って立てかけてある。四斗樽の半分ほどの深さに重石の見えるのは漬物らしかった。

「蔵の中って割合涼しいんですね」

と、輝也が感心したように言うと、

「輝也くんは蔵の中に入るのは初めてか。今はこんなガラクタばかりで単なる物置になってしまったけど、昔はいろいろ高価なものがいっぱい入っていたんだ。ぼくら子供たちが遠くの学校に行ったりして、財産を食い潰したようなもんさ。子供のころにあったものが、なくなっているというのは寂しいもんだね。他の蔵の中も似たようなものだ。ぼくは罪の意識みたいなものを感じることもある」

信三はしんみりして言うのだった。

信三はまた、輝也に自分の読んだ本を貸してくれた。それは、夏目漱石や吉川英治の小説であったりした。横浜の志津伯母さんが、手土産で買ってきてくれた少年少女小説とはまったく違う世界が展開していた。輝也は夢中で小説を読んだ。

しばらくして、今度は山形の高等学校に行っていた、輝也たちの一番上の兄の剛史が卒業してゆき子たちに合流した。

そのころ家作の一軒が空いたので、そこにゆき子一家は移って行った。そこはゆき子の祖父母が隠居所にしていた家であった。家は町のはずれにあった。道から川に向かってなだらかな坂が下りていて、その途中にある。道からも崖、川に向かっても崖である。垣根の向こうには清流が音を立てて流れているのが見えた。

隠居所だけあって、庭には小さな松も植わっていたし、石灯籠も据えてあった。しかし、山形の豪農の家のいい庭を見て知っている剛史には、口には出さないが、やっぱり田舎の質屋の感覚なんだと軽蔑していたのであった。

ゆき子一家がいなくなったので、英悟の家は急に寂しくなったような気がした。

中学四年になった岳四郎は、新学期からは県の東部にある飛行機工場に泊りがけで働きに行った。学年全員での勤労動員である。働きに行って十日もしないうちに空襲を受け、仲間四人が殉難したと聞いた千代は、息子もいつそうなるかと思い生きた心地がしなかった。娘の珠代も近郷の農家に手伝いに行って、学校での勉強はない。中学二年に転入した輝也も、一ヵ月ほど学校に通ったあと農家に勤労動員で行き、畑仕事の手伝いをさせられていた。

英悟の家では、夫婦のほかには東京から帰ってきた正一と、富山から戻った信三しかいなくなったので、またまた寂しいことになった。

十

英悟の一日は仏壇の前で経を唱えることで始まる。何やらむにゃむにゃ呟くように唱えるのだ。家の誰もが何を言っているのかわからなかった。正一も小さいころから父が経を唱えるところを見て知っている。今大人になって、世の中のことがわかるようになっても、何を唱えているかわからない。般若心経かと思ったが、そうでもなさそうだ。英悟に訊いても自分だけわかっているのだから、それでいいのだということであった。

朝食が済むと英悟は長火鉢のいつもの席に座って煙管で煙草をくゆらす。千代は台所で後片付けに余念がない。息子二人は居間でひととき新聞に目を通したり、ラジオや新聞で知った戦況について感想を話し合ったりする。

大の大人二人が家の中でごろごろしているというのも、うっとうしいものだ。信三は父の英悟を手伝って畑仕事をしているからまだしも、正一は何を考えているのか、部屋に閉じこもって本ばかり読んでいる。

ヨーロッパでは同盟関係にあるドイツが無条件降伏したというニュースが入った。日本軍も連合軍の前に敗退、惨敗を続けている今、将来の展望は誰にとっても開けない。開店休業状態の今の商売だってどうなるのか。ただ一日が無為に過ぎてゆくのである。

ゆき子が慌てて駆け込んできた。

「うちの人が亡くなりました。まず兄さんに知らせなくてはと来たんです」

「それはお気の毒だったな。いつだい」

英悟は訊いた。ずっと寝たきりだから、いずれはと思っていたのである。

「今朝方です。お医者は心臓弁膜症ですって」

「そうか。じゃあ葬儀の支度をしなくちゃな」

義理の弟が亡くなったというのに、英悟はそう言っただけだった。すぐ助っ人に行くからとも言ってくれないので、ゆき子はその足で清吉のところへ行った。疎開して来てから、ゆき子は困ると清吉に助けてもらっている。角一商店をとうに辞めて、今は関係ないが、昔かたぎの清吉はゆき子のことをゆきさん、ゆきさんと言って助けてくれるのである。

清吉のお蔭で宗治の葬儀は簡単ながら済んだ。数日して、高坂からは宗治の兄が悔やみに来てくれた。横浜の姉の志津は、交通事情が許し次第行きたいという悔やみの手紙をくれた。

そのうちに広島に今までにない爆弾が落とされたというニュースが、ラジオで放送され、新聞にも載った。軍の発表では新型爆弾だという。そして次第に詳細がわかってきた。被害が尋常ではないらしい。これから何十年も植物は生えないだろう、という科学者の談話が新聞に載った。もしこんな爆弾がたくさん落とされたら、日本はどうなってしまうのだろう。日本人が皆殺しになってしまうのではないか。

正一も珍しく興奮していた。

「早く降伏しないとえらいことになる。日本の上層部は何をしているのだ」

「軍はまだ、本土決戦なんて言ってるけど、もうだめだと思うよ」

信三も暗い顔で言った。一般的風潮として、死して後已(のちや)む、とか一億玉砕などと神がかったことを叫んでいるこの時代には珍しく、二人とも軍国少年のように洗脳されていない。広い視野で社会情勢を見る目を持っていたのである。正一はそれだけの学問を身につけていたし、信三は生まれながらののんびりした性格が幸いしていたと言える。

町ではあちこちで若者が次々と召集されていく。負け戦に今から行くというのは死に行くようなものである。仙台に行った浩二は、医者の道を歩んでいるから召集されないのだろう。でも、なぜか正一にも信三にも令状が来なかった。正一も信三も内心ひやひやであった。

そして今度は長崎にも新型爆弾が落とされ大被害をこうむった。広島に落とされたのも今度のも原子爆弾だという。この次は東京に落とされるかもしれないという噂が伝わってきた。

「アメリカはいくつ原子爆弾を持っているんだろう。東京や大阪や横浜はどうなんだろう」

英悟の家でも、ゆき子のところでも、この話で持ちきりだった。

八月十五日は暑い日であった。昼にラジオで重大放送があるというので、ラジオのある家では皆ラジオの前に集まった。ラジオのないものはラジオのある家に聞きに行った。

ゆき子の家にはラジオがない。疎開するときに捨ててきたのだ。それで近所の家に聞きに行った。やがて放送が始まった。国民が天皇陛下の話す声を聴いた初めてのときであった。どこかで油蟬が鳴きだした。

「やっと戦争が終わってよかった、よかった。負けて当然」

英悟の家では、聞き終わった正一がほっとして言った。

「でも、鬼畜といわれたアメリカ共がやってきたら、何をされるかわからんぞ」と、英悟は言った。「大体、勝ったほうの兵隊は略奪するのが当たり前と言うじゃないか」

「そうなったら、わたしは珠代と一緒に山の中に逃げ込むわ」

と、千代が言った。

「こんな山の中の町に来るまでには、時間がかかるから、そんなに心配しなくて大丈夫だと思うよ」

そう言ったのは信三だった。信三の言葉で千代も少し安心したようだ。別に信三に確信があったわけではないが、彼が言うと誰もが不思議に安心するのだった。

やがてアメリカ軍が進駐してきた。「出てくりゃ地獄へ逆落とし」と歌っていた、そのマッカーサー最高司令官が、サングラスをかけ、コーン・パイプをくわえて軍用機から降りてくる写真が新聞の一面に載った。この姿に日本人は圧倒された。戦争に負けたという実感がひしひしと感じられたのである。

みんなが恐れていたような略奪事件は起きていないようであった。ただ都会ではアメリカ兵士による強盗事件が報じられたり、婦女子暴行事件などがたびたび起きた。

「東京の女の人はよっぽど用心しないとおおごと（たいへん）ね。そのうちにこっちにもアメリカ兵が来るかもしれない。そんなときは笑顔を見せたり、わからずにイエスなんて返事をしちゃだめよ」

勤労動員が中止になって、帰ってきている珠代に千代は注意した。岳四郎も動員先から戻っている。やっと家の中が活気を取り戻しかけている。

十一

英悟の家では、正一も信三もこの先の設計ができずにいる。珠代は女学校を来年卒業する予定だ。岳四郎は中学五年になる。しかし、男女とも勤労動員で働いていたから、学校での勉強は三年までで、その後は授業をほとんど受けていないのだ。世の中の制度がすべてご破算になった。二学期が始まって一番変わったのは、学校では今まで使っていた教科書が使えなくなったことだ。当座の処置として、不都合な箇所を墨で塗りつぶして使うことになった。

アメリカ軍を占領軍ではなく、進駐軍と呼ぶようになった。退却を転進と言い換えた戦時中と同じ手法であった。

進駐軍の将校が通訳を伴ってジープに乗って学校に来た。通達をきちんと守っているか見回っているらしい。ジープを運転しているのも通訳も、一様に緑がかったカーキ色の舟の形をした帽子を金髪の頭にちょこんと乗せている。日本陸軍の戦闘帽なんかよりスマートで格好がいい。

「おっ、来た来た」

二階の教室から目ざとく見つけた誰かが言うと、皆の目がそちらに向く。先生は落ち着かない表情でちらりと見る。そ知らぬ振りなのだろうが、関心があるのが見て取れるのだった。

今まで拳骨を振るっていた先生が急におとなしくなった。進駐軍の命令で暴力を振るってはいけないことになったためであった。県下のある学校では、教科書の部分を黒く塗りつぶしていないところを見つかって、処罰された先生がいたというので、先生たちは戦々恐々としているのである。

社会科という教科が新しく加わった。自分たちの町や村を知ろうというのである。岳四郎は町の奥の村にある石灰工場を見学に行って、レポートを書いた。そこでは石灰岩を採掘して加熱し、石灰を精製していた。工場では中学生の見学は初めてらしく、喜んで説明してくれた。ここで作られた石灰はトラックで西井田駅に運ばれ、西毛鉄道によって東京に出荷されるという。岳四郎がこんな経緯を知ったのも初めてであった。家でそのことを話すと、

「ふうん、それはいい勉強法だな。アメリカ仕込みの教科もいいとこあるな」

信三が感心して言った。

「プラグマティズムってわけだ」

と言うのは正一である。正一はすぐ横文字を出して英悟らを煙に巻く。英悟は意味はわからないが、正一の知識の豊富なことに親としても鼻が高いのである。千代は毎日の家計のやりくりに追われているから、正一が働いて少しでも稼いでもらいたいと思っている。世間体もあるし、と考えているのだ。

正一が珍しく母校の足原中学に行ってきた。帰ってくると嬉しそうに言った。

「今度、母校で講演をすることになった」

「へえ。講演を頼まれるなんて、すごいことだな。我家始まって以来のできごとだ」

英悟がうなった。しかし、実は頼まれたのではなくて、恩師に頼んで講演させてもらうことになったのだった。恩師もむげに断れなかったのだろう。それに、世の中は挙げて文化国家になるのだと叫ばれている。タイミングもよかったのである。

「それで、どんなことを話すんだね」

「哲学とは何か、なんてのはどうかと考えているんです。それとも、人生如何に生くべきか、かな」

正一は父に満足そうにこたえた。

しかし、正一の満足とは反対に、話を聞いた生徒には不評であった。高踏過ぎてわからなかったという感想がほとんどで、許可した恩師は面目を潰してしまった。正一は得意になって帰ってきたが、もう二度と講演の話は起きなかったのである。

ある日、ゆき子が剛史を伴って英悟のところへやってきた。

「おお、なんだい今日は」

長火鉢のいつもの席で英悟が機嫌よく迎えた。

「今度、剛史が教員になれることに決まりましてね。それで保証人になっていただきたくて参りました。よろしくお願いします」

「そうなん（そうかい）。それはよかった。こうインフレがひどくちゃ、ぶらぶらしてるわけにもいかないもんな。ところで場所はどこなん（だい）？」

「石土村小学校です」

石土村というのは南西の奥の村になる。西井田町からは三キロほどもある。

「先生に欠員が出て、学期の途中からでも来てほしいと言われています」

「そうなん。それはよかった。なにせ山奥だから、なかなかなり手がいないのだろうな」

最後に言わずもがなの言葉であった。

ゆき子のところでは、宗治の遺産といっても株券が少しあるだけで、この経済の混乱の中、お金になるかどうかも定かでない。食料に交換するゆき子の着物ももう底をついてきて、箪笥の中はスカスカになっている。剛史が働かないことにはどうにもならないのである。

秋半ばに剛史が小学校に出勤し始め、ゆき子もやっと先が見えるような気がした。しかし、剛史は往復六キロの道を歩くのである。まともな靴がなく、履き古した運動靴なので、一ヵ月ももたずに擦り切れてしまった。近くの家の古い自転車を譲り受けていなければ、どうなっていただろう。これで通勤問題はなんとか乗り切ることができた。

剛史一人で一家四人を支えるのは難しい。次男の義典も働き口を探した結果、足原にある電力会社の支社に勤め口が決まり、やっと幾らか楽になったが、まだ生活は苦しい。

剛史と義典がそれを打開するために庭に野菜を作ることになった。石灯籠や松はそのままにして、植わっている芝生を全部取り除いて、耕してしまったのである。

たまたま家賃を徴収に来た千代がそれを見て、

「あら、まあ。何ということに。綺麗な庭がめちゃめちゃになってしまって。お祖父さんが見たら何と言うでしょう」

大仰に驚いて見せた。ゆき子も負けてはいない。

「でもねえ、お嫂(ねえ)さん、うちじゃあ食べるものも満足にないんですよ。人間が生きなくちゃ庭もないでしょう」

思わぬゆき子の開き直りに、千代は血相を変えて帰っていった。

「妹一家が困っているというのに、庭を畑にしたぐらいで、なんて言いぐさなんでしょう。そのうえ妹から家賃を取るなんて、世間の人が聞いたらなんて言うでしょうに。わたしが嫁に行くときだって、ほとんど何もしてくれなかったケチな兄なんだから」

ゆき子は嫂（あによめ）が帰るとそう毒づいた。剛史は勤めから帰って母からこのことを聞いた。しかし、剛史は庭造り自体を軽蔑していたから、伯母の言うことに痛痒を感じることはなかった。

ゆき子が言うのも無理はなかった。英悟のところでは、庭に隣接した畑でジャガイモを作ったり、葉物野菜を作ったりしている。また、家作の庭も畑にしてトマトやキュウリといった野菜を栽培しているのである。収穫物を少しでも分けてくれるようなこともなかったし、畑のどこかを貸してくれるとも言ったことがないのである。

十二

疎開していたものたちが次々と東京へ戻り始めていた。それまで様子を見ていた彼らは、やっと安定し始めたのを感じたのだ。戻って行く友人たちを見ると、輝也はなぜか自分だけが取り残されてしまうのではないかという焦燥感に捉われてならないのだった。卒業と同時に進学するものは進学し、就職するものは就職して、別れていった。

輝也はかろうじて東京に就職先を見つけて旅立った。

その年、英悟の家ではたいへんなことが起きていた。正一が朝なかなか起きてこないので、珠代が二階の兄の部屋に行ったところ、正一が鴨居に紐をかけ、首を吊って死んでいたのである。寝巻き姿であるところから、昨夜遅く吊ったようであった。見つけたときはもう体は冷たくなっていて、呼ばれた医者はただ首を横に振るだけだった。

前日の様子も普段と変わるところがなかったから、家族の誰もが狐につままれた感じだった。遺書もなく理由は誰にもわからなかった。大学院には行ったものの、教職を推薦してくれるはずの教授が亡くなって、教職への道が絶たれたこと、田舎では気に入った就職口がないこと、商売には向かないので父の跡を継ぐ道もないことなどから、悲観して自らの命を絶ったと思われた。英悟は動転してどうしたらいいのか、何も手につかない様子だった。千代はショックではあったが、自分までうろたえてはと、心を抑えて気丈に振舞った。自分たちの及ばないほどの教育を受けさせたのに、何という親不孝な子なのだろうと思った。

ゆき子のところには清吉の妻のツネが息せき切って知らせに来た。

「旦那さんのとこの正一坊ちゃんが、昨夜亡くなられたそうです。なんでも、首を吊って」

ツネが声を潜めて言った。

「えっ、正一に何があったんでしょう。すぐ行きます。清さんは？」

「今、旦那さんのところにお手伝いに行っています」

清吉は細ぼそと小間物を売り歩くのを商売にしている。自由な時間があることから、何かというと、手伝いを頼まれるらしい。清吉は英悟の代になって角一商店をていよくくびになったのに、まだ手伝わされているとは。ずいぶん勝手な兄だと思うのだった。

正一の葬儀は家族とゆき子の一家と清吉たちだけで密かに行われた。死に方が死に方だけに英悟たちは肩身の狭い思いであったろう。仙台から駆けつけた浩二は、通夜と告別式を済ますと、慌ただしく帰って行った。

「ぼくは向こうで医者にさせてもらいました。ですから、向こうを拠点にして将来も働きたいと思っています。近く向こうで家庭も持ちます。家のことはぼくを抜きにして、こちらの思うとおりにしてください」

彼は大学病院で医師としてのスタートを切ったところであった。そして恩師の一人娘と結婚することになっていたのである。一人娘であるから、当然のように入り婿という形になる。

　これは利根崎家との絶縁宣言にも等しいものであったろう。英悟も千代も、通常なら跡継ぎになるべき息子から、放り出されたような寂しさにさいなまれた。信三も岳四郎も兄弟の縁を切られたような寂しさを感じた。

　葬儀が終わって出席者が散ってしまうと、家が大きいだけに寂しくなった。しかも、頼りにしていた総領がいなくなったのである。家に穴が開いたような感じであった。商売のほうも、売る品物が少なくて、先細りしていく一方で、英悟にとっては辛い日々であった。

　一年も過ぎ、一家がやっと落ち着いてきたとき、英悟の許を顔見知りの小間物屋の額部（ぬかべ）と、電気屋の村井が訪れた。共に五十代で、二代目である。商店会の集まりで顔を合わせることがあるが、特に親しいという間柄ではないので、英悟は金策にでも来たのではないかと用心した。

「やあ、今日は何の用ですかな、お二人揃って」

「実は、角一さんも知ってのとおり、町長が引退するだんべ（でしょう）。その後釜に柿田が立つってんだわ。ありゃあ製糸所の後ろ盾があるんだが、それだけに悪い噂もある」

「そうなん（そうかね）」

英悟は何も知らなかった。

「何だ、知らんの。ま、それで、角一さんはどうかと思ってな」

「どうとは？」

「立候補しないかってことなんよ。角一さんの先代は立派な町長だった。その息子さんじゃないですか。これは商店会の有志の気持ちでもあるんよ」

と、村井が英悟の顔を覗き込むようにして言った。

「親父は親父。おらち（おれなんか）には、とても町長なんて……」

「しんぺえ（心配）するこたあねえって。大体は助役がやるから、町長は判を押すだけでいいんさ。すぐ返事をっつうわけにもいかねえべえから、来週の月曜にまた来っから、そのときに返事をくだせえ。いい返事を期待してます」

二人はそう言って帰っていった。

「あれ、お茶も出さねえで。何の用事で来たん？」

千代が訝しがって尋ねた。

「ああ、おらち（おれ）に町長選に立候補しねえかと言ってきた」

「へえ、そりゃあ凄いじゃないの」

傍にいた信三が驚いたように言った。千代は少し考えてから、

「面白いかもしれんね。で、父さんはどうなの？」

と言った。正一を亡くし、浩二には去られて、意気消沈している夫を見ていると、それもいいかとも思うのである。

「うーむ、おらちに務まるかどうか。金もかかるだろうしな」

「今、商売もそれほど忙しくないし、要請を受けたら？　町のためになることをすればいいんじゃないの」と、信三は乗り気である。「当選したら、母さんは町長夫人か」

「何言ってんだよ」

と、千代は信三をたしなめるように言った。しかし、満更でもないようである。昔日の勢いはないが、角一商店は町ではまだ三軒のうちに入る分限者として通っているのだ。それで額部と村井がやって来たのだろう。

「金はかけないと断っておけばいいんじゃないの」

と、信三に背中を押されて、英悟もやってみようかという気になった。何事にも消極的な彼にしては珍しいことであった。分限者としての誇りもあったし、当選すれば親父

のように家長としての権威も回復できるかもしれないという動機もなかったとは言えない。

月曜には約束したように額部と村井がやって来た。

「決心つきましたかのう」

「わかりましたが、おらち（わたしども）は選挙運動なんちゅうもんはわからんから、そちらで手配してもらえますかな。それと、選挙に金は使わんという考えですが、それでもよければ」

信三に注意されたように念を押して話は決まった。金を使わない選挙と綺麗事を言ったが、実情は角一商店にはそんな余裕がないのだった。

立候補の届けが出され、選挙戦が始まった。柿田との一騎打ちであった。英悟は周りの人たちに言われるままに、鉢巻をし、名入りの大きな襷（たすき）をかけて、店の前に張られたテントの中に座った。そして、目抜きの通りを行き来する人たちに声をかけて支援を訴えた。妹のゆき子も黙っているわけにもいかない。不承不承ながら、テントの中でお茶注ぎをしたり、ビラを配ったりするのを手伝った。

物珍しさから子供たちも覗きに来た。英悟は子供は関係ないと無視していたが、

「家に帰って話をするから、子供といえど有権者と同じに愛想よくしたほうがいいんです」

と、運動員に注意されて、愛想笑いで手を振るようにした。

一日はあっという間に過ぎていった。

最初恥ずかしかった選挙運動も、ひとたび経験すると、急に心の内部に力が漲ってくるように感じられるのが不思議であった。こんな経験は初めてのことであった。

（親父の血が流れているせいかな）と、英悟は思う。

次の日からは、名入りの襷をかけて町なかを歩いた。家の中から覗いている人もいるし、手を振ってくれる人もいる。それらの人が全部投票してくれるようにも思えるし、全部ひやかしのようにも思え、気が付くと背中にいっぱい汗をかいているのだった。

そういう日が何日も続き、審判の下される日が来た。英悟は信三を連れて投票所に向かった。

投票所には何人もの人が投票に来ていた。係員が英悟たちを見出しても会釈するだけだった。中立性を保っているのだろう。

投票を済ませて家に戻ると、何人か来ていた支援者に、珠代と出先から帰ってきた岳四郎が接待していた。

開票は翌朝から始まって、昼頃にならないとわからないらしい。ひとしきり情勢などを分析したあと、支援者たちは帰って行った。

夜になると、残ったのは家族だけになった。

「父さんもよく決心したもんだね」

と、岳四郎が感心したように言った。英悟は心に何かがあって、息子の言葉にも、

「あっという間の出来事だったなあ」

と、言っただけだった。

「当選するといいがね」

と、千代が茶を注ぎながら言う。

「大丈夫さ。まあ、もし万が一に負けても、勝敗は時の運というからね。どうってことないさ」

と、信三が言った。翌朝から開票が始まって、昼ころには結果がわかるらしい。

「それじゃあ、今日はこれでお開きにしよう。ご苦労さん」

全員が各自の部屋に散っても、英悟はいつもの長火鉢の前に放心したように座り込ん

でいた。千代が、

「お茶でも淹れ替えましょうか」

と言っても、生返事である。英悟は久しぶりに充実したような気持ちであった。と同時に選挙運動という虚しいことをしてしまったような気分であった。布団に入ってもなかなか寝付けなかった。

十三

英悟は落選した。柿田の票の半分しか取れなかった。ダブル・スコアで破れたわけで、額部たちの分析によると、柿田側が製糸所の作業員たちを締め付けたのと、金をばら撒いたためだというのであった。

「金で負けたのなら、何ら悔いるところはないよ」

と、信三が慰めた。

父親のいない所で、岳四郎は信三と言い合った。

「何であろうと、負けは負けだよ。選挙違反で捕まらない限り、柿田の勝ちは勝ちだ」

と言う岳四郎に、信三は諭すように言った。

「現実の政治はそうであるかもしれない。だけどそれじゃあまりに悲しいじゃないか。若いおまえが、そんな見方をしているとは思わなかったよ」

「でも勝たなくちゃ、自分の理想だって実現できないよ。選挙は勝たなくちゃ」

二人はそれで黙り込んでしまった。岳四郎には物事を現実的に判断するところがあるようであった。

英悟は落選して悔しくないことはなかったが、もともとどうしても町長になりたかったわけではないから、しばらくすると、落選したことを何とも思わなくなった。

そのころから、信三が嫌な咳をするようになった。

「風邪にしては、なかなか抜けないねえ。一度病院で診てもらったらどうなん？」

母の勧めもあって信三が病院に行くと、結核だという。風邪かと軽く考えていたので、家族一同愕然となった。結核に効く薬はまだなく不治の病と考えられていたのである。寒い富山で四年間も過ごしたことがいけなかったのだろうと千代は思った。町立病院の医師は言うのだった。

「栄養のあるものを食べて、過激な運動などはしないように」

読書が好きな信三は、流行のサナトリウム小説に詩情を感じて心酔していたので、自分を作中の人物に見立てて感傷的になったものだった。だが、いざ自分が結核ということになると、不安が先に立つのである。今日は調子がいいかなと思っていると、夕方になると熱が出る。その繰り返しだった。

――他人が結核になって療養していると聞くと、なんてロマンチックなことだろうと思っていたが、自分の身に降りかかってくると、そんな感傷は一度に吹っ飛んだ。治るのだろうか。これで一生が終わりになるのではないかと、寝ていても不安にさらされる。さらに家のものにうつすのではないかと思うと、なんとも辛いことだ――

信三はそう日記に記した。彼は畑仕事も止め、ひたすら体の回復に努めた。

「世の中はこの先どうなるかわからんが、信三にはおれの跡を継いでもらわなきゃならん」

英悟が信三に寄せる期待の大きさが千代にもわかった。

「あの子が一番素直で、みんなに好かれる性質(たち)だから、跡を継いだらきっとうまくいくと思いますよ。わたしも何としてでも信三を病気から救ってみせます」

千代も必死だった。手に入りにくい卵や、鳥や兎の肉を買ってきて、信三に食べさせた。

珠代は女学校を出ると、大学へ進学するか、就職するかのどちらも選ばず、母の手伝いを選んだ。同級生で進学するのは何人もいなかった。たいていは金融機関に就職するとか、家事手伝いに落ち着いた。裕福な家では就職より花嫁修業をさせたがったのである。珠代には母に代わって兄の面倒を見る必要もあった。病人を父母に任せて、珠代と岳四郎が大学に行くことはできない。珠代自身もこれからさらに四年間勉強する気にはならないのであった。

岳四郎はなんとなく大学に進学する道を選んだ。クラスの半分ほどが進学を希望したせいもある。町に残って父の商売を継ぐだけではつまらないと思ったに過ぎない。目的がはっきりしない進学も父の英悟に似ていた。父の場合は親の決定に従ったという違いはあるが。

幸い岳四郎は入試をパスした。まだ新しい大学ができたてで、競争倍率も低かったので、受験した大半が受かった。彼は教師になる気持ちもなかったのに、学芸学部に入った。医学部や工学部には向かないと最初から思ったのである。キャンパスは前橋市にある。

岳四郎が下宿するために前橋に行くと、また、英悟の家は寂しくなった。

世の中がやっと落ち着いてきたと思ったら、今度は朝鮮半島で戦争が始まった。北と南の両政府とも、相手が先に仕掛けてきたと言い合って、どちらの言い分が本当なのかわからない。韓国側は国連軍の支援の下、押し寄せる北側に反撃し、押したり押されたりの攻防を展開していた。国連軍とは言うけれど、実際はアメリカ軍が主力で、北には中国軍が控えているのだった。信三は新聞に出る戦況を見てはらはらしていた。

「やっと戦争が終わったのに、また戦争か。いつこっちに飛び火するかわからない」

「おまえはそんなこと心配しないでいい。病気を治すことに専念しな」

千代は言うのだ。一度朝鮮半島の南端まで追い詰められた国連軍は、マッカーサー元帥の仁川上陸作戦によって一気に勢いを盛り返した。そして援助に出てきた中国軍を叩くために、中国本土に原爆の使用を提言したという。大統領はそれを許可せず、マッカーサーは解任されることになったと新聞は伝えた。

「ほう、あれだけ功績のある将軍でも、大統領は罷免できるのか。すごいもんだな。日本ではそんなことは思いもよらなかった。戦争に負ける前、日本でもそういうことができたら、もう少し何とかなったんだろうにな」

それがシビリアン・コントロールという制度だと知って、信三が驚くように日本中も驚いたのであった。

十四

朝鮮半島の戦いは押されたり押し返したりだったが、信三の健康状態は一向に盛り返す様子がなかった。次第に寝込むことが多くなった。信三が寝ているところでは千代も平静を装って、

「まあ、ゆっくり寝ていれば治るよ」

と、慰め顔で言う。しかし、千代も信三も次第に病状が悪化しているのを気づいているのだった。今では信三は楽しかった富山での日々を思い出しては感傷的になった。自由に友人たちと語らった日々。下宿での徹夜の議論。冬になると雪国らしく家々は雪に埋もれた。その雪かき、屋根に積もった雪下ろしの手伝いなど、そのときは呪いたいほどだったが、どれもが懐かしい。もう二度とこういうことは体験できないだろう。どれを思い出しても胸が締め付けられるような気がした。こんな気持ちになるのは初めてであった。元気になったらもう一度富山に行ってみたい。世話になった下宿のおじさん、おばさんにも会ってみたい。会ってあのころのことを話してみたいと思うのである。

「富山に行ってみたい」

と、信三は寝床の中から言った。信三の気持ちがわからない千代は、とうとう気がふれたのではないかと心配した。

「何言ってるんだい。病気を治すほうが先じゃないんかい」

「誰かが付き添ってくれれば」

そう言うと、信三は目を閉じた。次の瞬間にはもうすやすやと寝息を立てていた。また、寝ていると過去の思い出が交錯するのか、京都にも行きたいと言っては千代を困らせた。京都は富山の学校にいたころ、夏休みに友人と行ったことがあるのだった。

その年の春、仙台の浩二が教授の一人娘と結婚式を挙げた。普通なら兄弟も出席するところだが、信三が病床にあるので、信三を珠代と岳四郎に託して、英悟と千代夫婦は二人だけで仙台の式場に出かけた。浩二の身内は英悟と千代の二人という寂しさで、息子を花嫁側に取り込まれた思いが深く、寂しい思いをして帰ってきたのだった。

信三の病の進行は千代が思っていたより速く、寝込んでから半年後に信三は息を引き取った。看病していた千代は、息をしなくなった息子に取りすがって泣いた。英悟も悲しみで言葉もなかった。せっかく跡継ぎにと期待していただけに、英悟の脱力感は大きかったのである。町長選で落選したときとは比べものにならない落ち込みようであった。

生まれて間もなく亡くなった長男を入れると、この家では三回も子供の葬式を出した。

「ほんとうにお気の毒だったなあ」

千代の父は、会葬のお礼に来た千代と岳四郎に言った。

「富山に勉強にやったのがいけなかったのかも知れないわ。何しろえらく寒いところだそうで。こちらとは程度が違うと言ってましたから」

「そういうもんかのう。わしらはずっとこっち暮らしだからわからんが。ところで、岳四郎はいつ卒業するんかい」

岳四郎が来年卒業する予定だと答えると、祖父は言った。

「実はな、祖母さんの従姉妹にすみさんという人がいてな、その娘が中庸党の高田川代議士と姻戚関係にある。それでまあ高田川代議士に肩入れしてるってわけなんだ」

「はあ、高田川代議士なら名前をよく知っていますよ。若くて、元気があって、うちの中学にも選挙の立会演説に来たことがあります。なんで選挙権のない中学生相手に来たのかわかりませんが」

「いやあ、こんなときに、こういう話というのもなんだが、高田川陣営では西南地区の地盤が弱いらしい。だからそちらの選挙事務を受け持ってくれる適任者はいないか、と選挙統括の秘書さんが言ってた。そこで、岳四郎に西南地区の支部役員を受け持ってもらえるといいかな、と思ったんだがな。あの人には勢いがある。将来大物になるかもしれん」

「お父さん、支部役員ってどんなことをすればいいの」

と、千代が横から言った。夫が以前町長選に出たことはあるが、代議士の選挙などというものはまったく見当もつかないのである。

「秘書さんのほうからくる指示どおりに動けばいいんじゃ。選挙のときは秘書さんと一緒になって選挙運動をするとか、代議士のポスターを支持者の家に貼ってもらうとか、また地域の人の意見を集約して代議士のほうに伝えるとかな」

「面白いかもしれないけど、岳四郎は跡継ぎだからねえ。忙しいことはできないわ」

と、千代は思いを巡らせて言った。

「選挙のときは忙しくなるが、選挙が済んでしまえば忙しくはない。ほとんどは自営業者で、商売をやりながらうまく回しとるんだ。もし、やってもらえるなら、秘書さんのほうに話しとくよ」

祖母の従姉妹の関係者ではむげに断るわけにはいかない。その場では即答をしなかったものの、岳四郎は引き受ける気持ちに傾いていた。帰りの電車の中で、千代は浮かぬ顔をしていた。どうも千代はこの話を引き受けてもらいたくない様子である。夫の町長選以来、選挙に巻き込まれるのはごめんという思いがあるのかもしれない。

帰りの西毛鉄道の電車は空いていた。少し小声で話せば他の客に聞かれる心配がない。

「母さんは反対かね」

と、岳四郎は口を切った。

「そうだねえ。商売を父さん一人に任せてもいられなくなるような気がするんよ。いくら選挙のときだけといってもねえ。そりゃあ、遠くても親類ということだから、協力はしたいさ」

「忙しくてどうしても協力できないとなったら、誰かに代わってもらえばいい」

「まあ、父さんにも相談しなけりゃね」

話はそこで終わったが、家では英悟が乗り気になった。政治に興味が湧いたのか、珍しく岳四郎の言うことに賛成したのである。自分が当事者でないから気が楽で、火事場を覗く野次馬のような興味が湧いたのだろうか。いつもなら、千代の意見に流される英悟なのに、今回は岳四郎の意思が強かったこともあって、息子の意見に乗ったのであった。
「その代わり、父さんは結果に泣き言を言わないでくださいよ」
と、千代は不貞腐れたように言ったのだった。

十五

ゆき子の家では息子の剛史と義典の稼ぎで暮らしは楽になり始めていた。末っ子の輝也は東京でどうにか自立しているようであった。剛史は小学校の教諭になって収入もいくらか増えている。同じ学校に勤める女性の教師、松谷信代と結婚を誓う仲になっていた。信代もやはり疎開してきて戦後に教員になったので、同じような境遇が二人を近づけたのかもしれなかった。

ところが、いざ結婚式を挙げるという段になって、英悟のところに挨拶に行くと、結婚式の出席を断られた。理由は、式場が利根崎家の菩提寺でないこと、仲人もいず、披露宴も家で行うというような式には出ないというのであった。

「役場で式を挙げて、披露宴を家でしたっていいではないか。貧しいし、新しいゆき方なんだから」

と、剛史は不服だった。役場には書類を提出して、町長の立会いで結婚式を挙げることができるようになっていたが、古い考えの人たちにはまだ受け入れられていないのだった。欠席は言いがかりであった。普段ゆき子と英悟の兄妹仲がよくないのと、庭を許可なく畑にしたということを根に持っているのだろうと、ゆき子は思った。

「それならそれでいいじゃないの。自分の息子が、仙台に行った浩二を除いて、次々と不幸に見舞われたのでやっかんでいるんだよ」

今まで、英悟とゆき子の兄妹不仲で済んでいたものに、息子も加わってしまう結果になった。

「辞を低くして礼を尽くしているのに。もう、伯父甥の関係は切れた」

長男として、ものごとに冷静に対処する性格が身についている剛史も珍しく感情的になった。

披露宴には清吉ツネ夫婦も呼んだ。ふすまを取りはずして二間続きの宴会場にした。上州館から料理を取り寄せたので、貧しいながらも立派な宴になった。

「これからもよろしくお願いします」

ゆき子が皆に頭を下げて廻った。座敷が見える庭に、教え子たちが祝福に来てくれた。石土村から歩いて来たのであった。教え子たちにはジュースと最中が配られた。

「みんな、遠いところを今日はほんとに有難う」

剛史も花嫁も嬉しそうだった。誰かに教えられたのか、みんなで校歌を歌って祝福して、

「じゃ、先生、お幸せにしてください」

揃ってそう言って帰っていくのだった。

二年後に剛史たちには男の子が生まれた。名前は鷹夫とつけられた。山形の名君、上杉鷹山に因んで、剛史がつけた。丸々と太った子で、ゆき子に生き写しだと言われた。孫がこんなに可愛いとは。ゆき子は孫のことになると目がなかった。産休が終わって信代が出勤するようになると、鷹夫の面倒はゆき子が見た。三人の子を育てたゆき子には、昔が懐かしく思い出された。昔は必死で子育てをしたのに、今は心にゆとりすらあって楽しかった。鷹夫はあまりむずかることもなく、手のかからない子であった。

レコードで童謡とクラシック曲をかけて聞かせると、クラシック曲のほうを好んで何度もせがんだ。

「この子は音楽家になる素質があるのかしら」

ゆき子はひょっとそんなことを思うのだった。

剛史は足原市の小学校に、信代は西井田町の小学校に異動で変わっていた。その剛史が足原に分譲住宅の募集があると聞いてきた。いつまでもこの家にいるのは業腹だと常日頃から思っていたので、早速応募することにした。ゆき子は言った。

「ここを引っ越せたら清々するよ。当たるといいねえ」

「行政の計画した造成地だから、値段も手ごろだし、きっと倍率は高いと思うんだ。あまり期待し過ぎると、外れたときがっかりするから、適当に夢見ることにしようよ」

そうは言っても、やはり期待は大きかった。かなり古くなった家は、雨戸もところどころ破れ、冬は寒風が吹き込む。玄関はガラス戸ではなく、格子縞の木枠に厚い和紙を貼ったものであった。造った当時は洒落た明り取りのつもりだったのだろうが、破れたところに和紙でつぎはぎしたので体裁のいいものではなくなっていた。

ひと月後に行われた抽選で当選し、三ヵ月後には家ができて、引っ越すことができた。新しい家は街を見下ろせる広々とした土地に建っている。碁盤の目のように区画された土地に同じ形の家が並んでいる。間取りも四部屋にダイニング・キッチンと広い。何から何まで新しく、家族の皆が明るい表情で暮らすことになった。

「今までの家賃と同じくらいで、三十年先には自分のものになるんだから、いいねえ」

ゆき子は自分の部屋を持てて、満足して言った。西井田町では、自分の部屋などなかったのである。寝ていた布団を上げると、卓袱台を出し、食事が終わるとそこが団欒の場所になるのだった。今度はダイニング・キッチンで食事をすれば、自分の部屋に引き上げることもできるし、そこで団欒することもできるのである。

どの部屋も南向きで日当りも良過ぎるくらいある。タイル張りの風呂場も嬉しい。引っ越した翌日には、生徒たちが手伝いに来てくれた。たくさんある本を段ボール箱から出して本棚に並べるのも、人海戦術でやると驚くほど早くできた。女の生徒は鷹夫と遊んでくれたので、鷹夫も大喜びであった。

十六

岳四郎が支部役員を引き受けると、高坂の事務所で偶々来ていた高田川代議士に引き合わされた。代議士は堂々とした恰幅で、顔も遊説で日焼けしていて、いかにも精悍な感じがした。堂々とした態度は議会でもまれて獲得したものに違いない。岳四郎は気圧

された。彼が遠慮がちに代議士の遠い姻戚関係に当たると説明すると、

「そうですか。西南部を固めてくださるとは有難いですね。今後ともよろしくお願いします」

と、丁寧に言った。受ける感じとは違って腰が低いので、岳四郎はすっかり感激して、以後、この人のために働こうと心に決めた。

早速、名簿取りをするようにという仕事が回ってきた。何人かの同調者を集め、この人たちに目ぼしい人を訪問してもらい、後援会員になってもらえるように依頼するのである。名簿に名を書いてもらうから名簿取りというらしい。書いてもらった人に、岳四郎が念押しの電話をかける。これで支持勢力の数がつかめるのである。

公共の交通機関が発達していない地方では、車が必要だ。それまで自転車で用をたしていた岳四郎は、この仕事を引き受けてからどうしても車が必要になった。彼は町のはずれにできた自動車運転教習所に通い、割合楽に免許証を手にした。自分では運動神経がそれほどいいとは思っていなかったのに、このときばかりはすらすらと筆記も実地もパスしたのだ。都会と違い車の交通量が少ないから、町や奥の村に行くのは神経を使わないで済む。商売にも必要だからと父英悟を説得して小型の車を買った。嬉しくて父母

や珠代を乗せて村にドライブした。

「外を見ていると目が回るよ」

と、父母は怖がった。姉の珠代も怖さが先に立つようで、あまり喜ばなかったが、何度か乗るうちに便利さを実感するようになった。役場に行くにも、岳四郎に乗せてもらえば楽なことこの上ない。足原町に行くにも、一時間に一本の西毛鉄道のダイヤを気にする必要がないので気が楽である。

実際に商いの品物を運ぶことはなく、ほとんどが岳四郎の後援会役員としての仕事に使われるのであった。

総選挙が近づいてきた。名簿に載った人には本部の秘書から選挙宣伝のハガキが送られる。少し間をおいたころに、今度は電話攻勢である。岳四郎のところには選挙用の高田川代議士のポスターもまとめて送られて来た。後援会の人たちに配って、家々に貼ってもらうのである。

朝鮮での戦争が休戦になり、戦争のお蔭で日本の産業が活気付いていた。景気がよくなり、神武以来の好景気ということから、メディアは「神武景気」と囃し浮かれている。

しかし、景気をよそに政党は分裂合同を繰り返していた。

新しい民衆党に変わった高田川代議士は、忙しく選挙区内を遊説して回っていた。高田川代議士は、長かった保守党支配に飽きた人々が、民衆党に新鮮さを求めているのを肌で感じていた。岳四郎は初めて選挙カーの助手席に乗って西南地区の道案内をした。行く先々で代議士は歓声で迎えられた。まるで岳四郎自身が歓迎されているような錯覚に陥るほどであった。人の多い駅前や商店街では、降り立って演説をする。演説を終えると握手攻めである。こうして民衆党の高田川代議士は見事連続当選を果たした。

選挙の成功で、支部役員はバスで慰労の観光旅行に連れて行ってもらった。代議士の秘書の心遣いであった。付き添いの秘書に、

「いやあ、このたびは本当にご苦労様でした。皆さんのお蔭で、うちの先生も連続当選ができて大喜びでした。これからもますます皆様のお力を貸してください」

そう言われると悪い気はしない。岳四郎は今まで誰かに感謝されたことがないから、ぐっと力が入る。選挙カーで受けた歓迎の声は彼の心をくすぐったのである。政治の世界というのもそう悪くはないぞ、と思うのだった。

ときには飲み会にも誘われた。会費はただ同然で、ほとんどが秘書の支払いであった。

「ほう、高田川代議士は豪商の息子さんだというから、さすがに気前がいいんだな」

父の英悟が感心して言った。確かに選挙が終わると岳四郎は暇になった。家の商売の手伝いをして、徐々に仕事を覚えるようになっていたが、商売にはどうもわくわくするような気持ちの高まりがないのである。早く議会が解散されて選挙が来ないかと思うのであった。

好景気だというのに、商売のほうはさほど売り上げが伸びない。英悟にはそれが納得のいかないところなのであった。店にいても客がやって来ないのである。しかし、町は活気が出てきている。新しい種類の商売を始める店もある。安売りで客を呼ぶ店もある。昔からの信用ある品物を適正な値段で売るのが、信用を得る道だという考えは変わってきていた。

英悟には理解できないことであった。買い手が来なければ、こちらから出向いて行って売るというふうに考えが及ばないのであった。町の宿屋は奥の村に行く行商人で賑わっていた。背中に荷物を背負った行商が、大勢奥の村に入って行くというのは、それだけ需要があるということである。英悟は行商というのは安物を売る、という観念から抜け切らないのであった。こうして次第に販路は狭まって、店の棚の品物にハタキをかけているのであった。

（こんなちっぽけな町でする商売なんて、たかが知れている。）と、岳四郎は思う。（高坂や前橋のような大都市でなら発展も見込めるだろう。だが、人口も少ないこの町で、同じような商売をすれば共倒れになるに違いない。）

アメリカで発達を遂げているスーパーマーケットという店の形態が、神戸、東京に開店すると、それが全国に次々と広がって、こちらにも押し寄せてきていた。町にあった化粧品店が、小型ながらスーパーになった。物珍しさと値段の安さもあって、繁盛しているらしい。岳四郎もどんなものか見に行った。

客はほしいものをかごに入れて、出口で金を払っている。今までの店だと、店員なり店主が応対する。それだけに客は買わないわけにはいかなくなる。その心理的負担を取り除くシステムで、客の心理をうまく衝いているようだ。大量仕入れなので値段も安くできるという。しかし、人口の少ないこの町で、果たしてうまくいくだろうか。岳四郎の考えたとおり、最初こそ客は押し寄せたものの、それ以上の伸びはなく、店はしぼんでしまった。

経済企画庁が発表した「もはや戦後ではない」という経済白書の言葉がメディアに飛び交っているのに、この町ではまだ戦後とあまり変わらないようであった。

「何かいい打開策はないものかなあ」

長いこと小さな町で暮らし、先祖からの遺産を食い潰してきた英悟に、いい知恵が出てくるわけはなかった。岳四郎もどうにもならない。大学で勉強したことは役に立たないのである。もし、自ら命を絶った正一が生きていたら、きっと「大学というところは、そういう下世話なことを学ぶところじゃないんだ。もっと崇高な魂というか、ことの真髄を学ぶところなんだ」と、言うに違いなかった。

町にはこれといった産業がないので、若者は学校を出ると町を出て行ってしまう。まるで高坂のような大きな都市に吸い取られるようであった。町の商工会の集まりでも若者の流出が問題になったが、誰もいい解決策を持っていないのだった。

時折、高圧電線を山の中に通す工事があったりして、その地主には大きな金が落ちることがある。彼らは入った金で、今すぐ必要でもない家の増築などに費消してしまう。町には建築業者はいないから、結局は足原や高坂の業者に頼まなければならない。金は町に循環しないで、そういう都会に吸い上げられてしまうのと同じ結果になるのだった。

そのころ、町の外側を迂回する県道建設が始まった。計画は大手のゼネコンと称する建設会社が受けて、地元の小さい会社が下請けになるという図式で進められた。砂利を運んだり、コンクリートを流したりする仕事で、町にいくらかは金が落ちた。けれども、下請けの臨時雇いも、道路ができてしまえば打ち切りになった。

「なんだい、今まで町にいくらかでも金が落ちたのに、道路ができたお蔭で、物資が町を通過してしまうようになったじゃないか」

岳四郎は町の経済が成り立たなくなるのが心配になっている。これから先、町はどうなっていくのだろう。一方、

「おまけにトラックの巻き上げる砂埃で、町中埃だらけだ。忠魂碑のある高台から見ると屋根は真っ白だぜ」

商工会ではこんな問題も話題になるが、ただボヤキの域を出ないのだ。

「こうなったら、政治家の高田川先生に陳情するしかなかんべ（ないだろう）」

と、こんにゃく業者の小林が言った。最近では東南アジアから安いこんにゃくが輸入されるようになったため、今までのように羽振りがよくはない。それでも町では実力者として君臨している。小林の提案に、皆が岳四郎のほうを向いた。岳四郎が高田川代議士を応援しているのを知っているからだ。

「あの先生は天下国家のためと言って、選挙のときも大きなことばかり言っている。こ

ういう町の経済みたいなことには力を入れないんじゃないんかい」

と、言ったのは自転車屋の二代目だった。彼は岳四郎が何度か説得を試みたのに、後援会の名簿に名を載せるのを承諾しない一人だった。彼は革新系を支持していて、これからは革新政党の時代で、保守は衰退すると岳四郎に言うのだった。若者の間では保守は悪いという観念が根強くあった。革新といっても、ただ理想を主張して過激に走るだけではないかと、岳四郎は思うのである。そこで、

「普段の、高田川先生への応援がこの地域は少ないんだ。頼むことだけ頼むっていっても、聞いてはくれないと思うんだが」

岳四郎はこのときとばかりあてこすって言った。これで話し合いは何も得ないで終わった。

町の分限者の跡継ぎとして、岳四郎は店の存続も町の行く末も心配で仕方がない。しかし、ではどうしたらいいのか。高田川代議士に頼んだところでどうなるものではないだろうと思うのである。

角一商店の三代目

一

この年は皇太子のご成婚もあって、明るい話題に湧いていた。景気もこの前の神武以来の好景気よりさらに上を行くということで、岩戸景気などとメディアは浮かれていた。そんな中、民衆党の総理が第二次内閣改造で、高田川代議士を科学技術庁長官に起用した。岳四郎も高坂市の選挙事務所に駆けつけて就任を祝った。

西井田町に帰ってくると、岳四郎は後援会の人々を中華料理店に招いて祝杯を挙げた。まるで自分が閣僚にでもなったような気分であった。費用は全部身銭を切ったが、決してたいへんだとは思わないのであった。普段から後援会の人々をこうしておかないと、名簿取りに協力してもらえない。捨て金にはならないのである。人に奢るのは出費としては痛いが、皆からご馳走様と感謝されるのは心地よいものでもあった。

「お金がそんなに潤沢にあるわけじゃないんだから考えておくれよ。それに父さんだって、いつ何が起きるかわからない年なんだからね」

と、千代が言うと、

「高田川先生が総理大臣にでもなったら、我が一族の誉れじゃないか。こんな名誉は金じゃ買えないもんだよ。金なら山を一つくらい売れば何とかなるさ」

岳四郎はそう言って千代を黙らせた。

何気なく千代が言った「何が起きるかわからない年」になっていた英悟が亡くなったのは、それから間もなくだった。七十四歳、脳溢血であった。理想らしいものも持たず、とりたてて趣味らしい趣味もない人生であった。

（あんなことを岳四郎に言ったのがいけなかったのかしら）と、千代は気になった。千代の前では、いつも唯々諾々としていた英悟だった。自信がなかったのか、家庭に波風を立てないようにと腐心していたのだろうか。親からの遺産を守ることに汲々としていた英悟。それゆえに、内に閉じこもり、妹のゆき子や清吉たちから家賃を取るような冷たい仕打ちもしたのかもしれない。千代は自分が英悟をそんなふうに追い込んでいたのに気づかなかった。

剛史は葬儀に行く気にならなかった。自分たちの結婚を否定された恨みがある。ゆき子は実の兄だから、行かないわけにはいかないと思った。次男の義典はやはり行かないわけにはいかないだろうと言った。ゆき子は東京にいる末っ子の輝也には英悟の死を知らせて、悔やみの手紙を書くように伝えた。

清吉がやってきて、剛史の気持ちを聞くと、

「剛史さん、お気持ちはわかります。でも、ここで行っておかないと、永遠に縁が切れてしまいますよ。わたしたちは主従だったという関係ですが、剛史さんは伯父と甥ですよ」

そう言われてみれば、悔いを遺すような気持ちもする。剛史は迷った挙句、

「わかりました。じゃあ、行きましょう」

と応えていた。ゆき子もほっとしたようであった。

喪主を務める岳四郎は、剛史たちとの確執を知っていたから、半ば諦めていた剛史たちの参列が意外だったらしく、ほんとうにほっとしたようで、

「有難うございます。こちらにかけていただけませんか」

と、鄭重に親族の席を示した。剛史も岳四郎の態度を見て、来てよかったと思うのだった。いろいろ確執はあったものの、それも大人気ないと思うようになっていた。

高田川代議士の名で生花が飾られ、弔電も読み上げられた。しかし、祖父の栄蔵の葬儀とは比べ物にならない寂しさだということを、ゆき子と千代だけは知っていた。親族と清吉たち夫婦のほかには、店子数人と、商売の関係者数人、近所の人が十人ほど、高

坂の本部からと、高田川代議士後援会関係で何人かの人が訪れただけであった。

仙台で医師をしている浩二も親族の席に連なったが、終わるとすぐに引き返して行った。剛史たちとも一言二言挨拶を交わしただけであった。

「ほんとうにせわしないんだから。久しぶりに来たんだから、もう少し泊まっていけばいいのにさ。これが入り婿になったという結果なのかね」

と、千代は愚痴った。いつまでも息子だと思っていたが、浩二はもうすっかり仙台に根を下ろしていたのである。

葬儀が済んでみると、遺されたのは千代と珠代、岳四郎の三人になっていた。岳四郎は商売をそっちのけにして政治のほうに入れ込んでいるから、珠代が店に座っている。これでは商売からの収入を頼るわけにはいかないのである。相続税も大きく、山を全部売り払ってやっと納めた。いずれ家作も売りに出さなければならないだろう。家作を売れば毎月の定期収入が減ってしまう。しかし、千代も珠代も、ここから踏ん張って遺産の流出を食い止める手立ても思いつかないし、それだけの気力も失われていた。

利根崎家では、皇太子ご成婚のときに買ったテレビを見る日が多くなった。老眼が進んだ千代は、もうずっと前から新聞を読むことはなくなっていた。珠代は若いころから新聞を読むような習慣がなかった。以前は新聞を読むことがほとんどなかった岳四郎は、政治に深入りするようになると、新聞を読むようになっていた。支部役員としては、新聞に目を通していないと身近で起きたことに対応できないからだ。

支部役員になってからは中央紙のほかに地方紙も取っている。ただ、新聞はどうしてもテレビの速さや、臨場感にかなわない。新聞では日米安全保障条約改定の反対運動についても、写真入りで報道されているが、一枚の写真と動く映像とではインパクトが比較にならない。

労組員と学生が国会周辺でデモを繰り返している映像は、地方にいても強い衝撃を受けた。ヘルメットを被ったデモ隊と警官隊がもみ合っている。津波のように学生のデモ隊が押し寄せ、警官隊が押し返す。いつまでも果てしないことの繰り返しだ。

「あれじゃデモじゃない。暴動だわ」

テレビを見ていた千代が怒ったように言った。岳四郎が大学生のときには、学生はあんなに過激ではなかった。

「きっと、過激な革新党にそそのかされてるんだんべ（だろう）」

民衆党の総理が不人気なのも原因の一つのようでもあった。人相もよくなくて国民に好かれるタイプでないのだ。岳四郎もこの総理が好きではなかった。しかし、高田川大臣のいる民衆党には、過激な学生などには負けないでほしいと思う。千代も岳四郎も珠代も、なぜ学生たちがあんなにデモを繰り返すのか、理由がわからなかった。大半の人たちが政府が嫌いというような雰囲気だけでデモ隊を支持したりしていた。アメリカ嫌いという理由もあった。デモに反対と言うと、保守的というレッテルを貼られるので沈黙している人もいる。総理が言う「声なき声」というのも、岳四郎にはわからないではないのだった。

しかし、事態は前代未聞の事件に発展した。アメリカ大統領の先触れとして来た大統領秘書官が、デモ隊に羽田で包囲され、ヘリコプターで脱出する事態になったのだ。そのため、政府も大統領の訪日の延期を要請せざるを得なくなった。

「これはえらいことになった。安全保障条約改定は時間切れで成立するだろうが、後どうするのだろう。高田川先生はどう考えているんだろう」

改定反対運動の続く中、ついに時間切れで改定は成立してしまった。だが、総理が暴漢に襲われて大怪我を負う事件が起きて、総理は退陣しなければならなくなったのである。大怪我を負った総理が、皆に抱えられて運ばれる姿がテレビの画面に映し出されるのを千代も見た。

「ああ、こんな場面は見たくもない」

と、千代は眉を顰めた。デモ隊と警官隊との攻防の最中に、女子の大学生が亡くなった。これで一気に国中が感情的になったように思われた。暴漢に刺された総理に同情するものは少なかった。そして、総理は辞任したのであった。

二

新しく総理になった人はガラガラ声ではあるが、寛容と忍耐というスローガンを掲げて、おおむね国民に受け入れられたようであった。彼は次に所得倍増計画を打ち出した。経済の成長を上げれば、十年間で国民の所得は二倍になるというのである。わかりやすい演説に国民は説得された。このお蔭で総選挙の結果は民衆党の圧勝に終わった。岳四郎は今度の選挙で、政治の時代から経済の時代に移ったのを実感した。どこでも所得が倍になることが話題になっていたからである。高田川代議士も選挙演説の中に、必ず経済の話を入れた。それまで天下国家のことが主であったのを変えたのである。

「こういう地方の選挙では天下国家は遠い話だ。もっと身近な話をしなくちゃ。収入が増えるとか、生活が楽になるというような、日常生活に直結する話でなくては」

と、一人の支持者に言われたのを、岳四郎が高田川代議士に伝えた結果であった。そのせいか、同じ選挙区で競ってきた同じ党の上村代議士を抜いてトップで当選したのである。西南地区の高田川代議士の得票が今までより二割も増えたので、まるで彼の運動のお蔭だと鼻が高かった。

「こうなったら、先生にはそのうちに総理になっていただかなくちゃ。アメリカだって若い大統領が選ばれたんだから」

アメリカでケネディー大統領の出現は、世界に時代の変わりを予感させていた。テレビの画面で何回も映し出されると、巧みな演説に感心させられるのであった。

(政治家の演説はああでなくちゃだめだ)と、岳四郎は思った。(うちの先生にも、総理になったら、ああいう演説をしてもらいたいもんだ)

その岳四郎はもうとっくに三十を過ぎているのに、まだ独身であった。彼の私生活をしらない高坂の本部役員や代議士の秘書らは、岳四郎は妻帯していると思っている。町に古くから住んでいる人は別としても、町の人でも、彼は妻帯していて、姉の珠代を嫁だと思っているのであった。また、珠代にも結婚話はないのであった。母親の千代にはそれが寂しくもあった。

たいていの家では、年頃の息子には親類、知人から見合い用の写真が持ち込まれたり、話がもたらされる。娘のいる家では見合い用の写真が用意されて、話があればすぐにでも写真を渡す用意がされている。それなのに、利根崎家にはそんな話がまったくないのである。

痺れを切らした千代が、

「見合いをしたらどう？　それ用の写真も撮っておいたほうがよくはないいん？」

と珠代に言うと、珠代の返事はいつも同じだった。

「そんなみっともないことはしたくないわ。ものじゃないんだから。写真をばら撒いて買い手を捜すわけ？　ああ嫌だ」

「いつまでも、独りってわけにもいかないんじゃないの」

「心配しなくて大丈夫よ。あたしはあたしの生き方があるんだから。世間が何と言っても、言わせておけばいいのよ」

と話に乗ってこないのだ。気の強いところは千代に似ている。

「そうは言ってもねえ。母さんが生きている間はいいかもしれないけど、もし母さんが死んでしまったら、どうするん（するの）？」

「そんな縁起でもないこと言わないで。じゃ、あたしがどっかへ嫁に行ったら、母さんはどうするん？」

岳四郎が独りでいることがどうしてもネックなのだった。彼は彼で、結婚するということに実感が湧かないのであった。会社員ででもあれば、職場でこれといった女性を見つけることもできるだろう。支部役員や後援会員は男ばかり、女性がいても皆高齢者だ。そうかといって、見ず知らずの女性とともに生活を始めるのは気が進まないのである。

成り行きに任せていたら、この年まで出会いがなかった。そして父親が亡くなった。母も高齢だ。姉もまだ嫁に行く気はなさそうである。自分は大店の跡取りだから、結婚するにしても相手をよほど選ばなくてはならないだろう。あれやこれや考えると、もう、面倒だという気持ちが先に立っているのであった。

（結婚して子孫を設けるだけが人生じゃないだろう）と考えると、いくらか気が楽になる。彼は現在の立場にまともに向き合うことが面倒で、一日一日先延ばしにしているだけなのであった。商売を姉の珠代に任せて、政治の末端を担っていれば楽しいのである。

万が一、先生が落選したとしても、自分の人生がだめになるわけではない。しかも、先生の前途は洋々としていて、落選など考えられないのである。支持者を増やすだけでい い。増えなくても自分一人の責任ではないのだから、こんな楽なことはないのであった。

前年に希望の星と言われたアメリカのケネディ大統領が暗殺され、暗いムードが漂うのを吹き払うかのように、東京ではオリンピック開催に沸いていた。高速道路や大阪までの新幹線ができるとテレビが報じている。ニュース番組はオリンピック一色である。田舎では直接関係があるわけではないから、実感として感じられないけれども、高坂辺りでは、英会話学校がいくつもできているという。外人が来たとき役に立つためだ。敗戦直後、この町にもアメリカの学生が訪れたことがあった。彼らは宣教師の卵で、キリスト教の布教活動に来たのであった。そのときは彼らが片言の日本語を話した。今度は逆に、日本人が片言の英語で日本を紹介することになるのだろう。

岳四郎は大学でも英語は苦手であった。珠代も女学校でまともな英語教育は受けていないから、今更、英会話でもないと思うのだった。

三

オリンピックは大成功裏に終わった。東京は活気に満ちているという。高坂辺りにもその恩恵が及んできているようである。でも、西井田町にはほとんど影響はないようだ。文化も景気もこの町に来るまでには相当な時間のずれがあるのだ。

政治の世界ではまた大きな変化があった。総理が病気で入院したのである。前癌症状という医師の発表であるが、本当は癌なのではないかというのがもっぱらの噂であった。間もなく病気の総理が辞任し、新しい総理に交代した。高田川代議士も実力が認められたのか、今度は運輸大臣になった。

「庁の長官も偉いが、やっぱり大臣でなくちゃな。今度はほんとうの大臣になられたんだ。出世街道ひた走りといったところだね」

岳四郎はまるで自分が大臣になったように、会う人ごとにそう自慢した。自分の見る目が間違っていなかったと言いたかったのである。自分で高田川代議士を発掘したわけでもないのに何を偉そうに言うのだ、と陰では言われているのを、彼は知らなかった。高田川の秘書たちも上機嫌で、彼ら支部役員を下へもおかないのだった。

暇になると、岳四郎は最近高坂に行くことが多くなった。最初、親しくなった高坂の本部役員の一人に連れられて行った居酒屋が、高校の後輩がやっている店とわかって、酒を安く飲めるのと、いろいろな情報が入るので行くようになったのだ。ある日、そこで彼は大学時代の友人・中島と会った。

「おお、久しぶりやな。元気でやってるか」

と、友人の中島は言った。大学時代はどちらかと言うとおとなしい感じの男だったのに、今は積極的で自信に溢れている言い方だった。

「まあな。大臣の選挙応援をしてる。ところで中島は何をやってる」

「貿易をやってる。今日は工具の買い付けに来たついでに、高坂に立ち寄ったってわけさ」

「貿易って、工具類を売買してるんかい」

「いろいろあるさ。まともなものや大量の取引は大手の商社がやってる。我々はその隙間を狙って商売しているってわけさ。面白いのは蟻の缶詰を輸出するなんてのがある。地球上には蟻を食う人たちもいるってことだ」

岳四郎は驚いた。蟻なんかを食べる人たちがいるとは知らなかったのである。

「じゃあ、外国にも行くんだ」

「先月はアメリカとカナダに行ってきた。来月は香港と南米に行く」

「ふうーん」

「商売絡みでなけりゃ、もっと楽しいんだろうがな。おまえはまだ外国へ行ってないんか。海外へ行くと、日本がよくわかるようになるぞ。今、農協が農家を連れて海外旅行をやってる。観光地巡りと、土産物買いに狂奔しているのを批判するのもいるけど、行くだけでいい勉強になるとおれは思う」

と、中島は言う。平和になった今こそ、世界に進出すべきなのだと彼は力説した。

「狭い日本にいるだけじゃだめなのさ」

戦争中に中国大陸へ出て行く人たちがそんな言葉を言っていた。時代は違うけれど、岳四郎はどこか似ているように感じた。

「おまえは一人で行くんかい」

「そりゃそうさ。英語とスペイン語でたいていの用は足せる」

中島の話では大学を出てから小さな商社に勤め、商売のノウハウを身につけながら、夜はスペイン語を習得したという。そして、五年ほどで独立した。

「今は商売が楽しくて仕様がない。そのうちに年収何億という身になって、こんな田舎の居酒屋じゃなくて、銀座の高級クラブで酒を飲むようになってみせるぞ」

中島は鼻息荒く言うのだった。銀座の高級クラブはともかく、商売ってそんなに面白いものなのだろうか。岳四郎は小さい店で商いをしているが、今まで商売が面白いと思ったことはないのだ。話半分としても、中島は金が儲かるから面白いのかもしれなかった。

「金髪の美女を抱くってのもいいもんだぞ。日本の女は嬉しさの表し方を知らんが、向こうの女はそりゃあ激しくってな、嬉しさに溺れちゃうってなもんだ。払った分以上の快楽が味わえるぜ」

中島のしゃべり方には品がない。彼にとっては全てが金に換算されるらしかった。岳四郎はまだ女遊びをしたことはないが、知った振りをしていた。こういう男にまだ童貞だなどと知れたら、何と軽蔑されるかわからない。

戦後、どっとアメリカの文化が流れ込んで来た。岳四郎もその流れにどっぷり浸かったほうだった。不言実行を美徳としていた教えも有言実行に変わり、高田川代議士のように雄弁者が人々を動かし、国の政治を動かすようになった。これも確かに欧米文化のいいところだ。だが今目の前にいる中島のような生き方もひどく欧米的と言える。おれはこんな生き方はできないし、嫌だと岳四郎は思うのである。ではどうするのか。中島に会うまでは、彼はこんなことは考えもしなかっただけに、頭の中が混乱しているのだった。

「人生は一度しかないんだ。思い切り好きなように生きるべきだとは思わんか。それにな、みんなはすぐ否定するが、世の中は金だ。金があれば何でもできる。仕事がスムーズにいかなかったことがある。そのとき、大蔵省出の代議士のところに相談に行った。彼はおれの話を聞くと、その場で秘書にどこかへ電話をさせた。それで問題は解決さ。もちろんすぐにおれは代議士に献金したさ。世の中そんなもんさ。金の威力さ」

中島はそう言って小鼻を動かした。

四

オリンピック景気の余波のせいか、景気は誰が名づけたのか「いざなぎ景気」と呼ばれるほどの好況を何年も続けていた。政治の世界では、総理大臣が何度も内閣改造を行っては目先を変え、大臣になりたい議員のガス抜きも兼ねて、政権の維持を図っていた。しかし、同じ政権が長く続くと、国民の間にも飽きがくる。世論調査でも内閣支持率が下がり始め、新聞も厳しい論調になってきた。自信満々だった総理が批判にイライラを募らせ、記者会見を忌避したのをきっかけに、とうとう総理は退陣せざるを得なくなった。

「新聞は自分の言ったことをまげて書くから、会見場から出て行ってくれ。テレビだけ残ってくれ」

と、まるで駄々っ子のような態度を見せたのがテレビ画面に映り、国民の顰蹙(ひんしゅく)を買ったのだった。このごろではすっかりテレビの虜になっている珠代も、子供みたいね、などと笑っている。

「跡目争いが始まるぞ」

と、岳四郎はそちらのほうに興味があるようだ。総裁派閥には二人の有力後継者がいる。一人は佐渡代議士で、もう一人は高田川代議士と同じ選挙区で雌雄を争っている村崎代議士だ。どちらも相手には負けまいとして争うことだろう。他の派閥にも協力を頼むだろう。高田川代議士も小さいながら自分の派閥を持っているから、呼びかけてくるに違いない。どちらと手を組むか、まるで中国戦国時代の合従連衡を見る思いがして、岳四郎はワクワクするのだ。いよいよ高田川先生の出番だ。そういう時は、単に政策や義理などで動くとは限らない。将来への貸し借りが大きい。陰で大金が動くこともあるらしい。一般には同じ選挙区で雌雄を争っている村崎代議士を、同郷の誼で支えるのではないかと思われているが、果たしてどうか。

結果は下馬評に反して村崎代議士が負けた。高田川派の動きが勝敗を決定づけたという。それで陰で大金が動いたとか、ポストが約束されたといったうわさが流れた。相手の佐渡代議士は数字がたちどころに口を突いて出るところから、コンピューター付きブルドーザーと言われ、その人の「国土改造プラン」が話題になっている。狭い国土を平面でなく立体的に利用すれば、まだまだ開発余地はあるというのである。

この論功行賞で、高田川代議士は通産大臣になった。岳四郎は興奮して言った。

「すごいぞ。先生はいよいよ通産大臣だ。この大臣になったということは総理大臣への道を歩み始めたということだ」

「ふーん、そうなん。あたしは大蔵大臣なんかのほうがいいと思うけど」

テレビのニュースを見ていた珠代は、岳四郎に言った。岳四郎は内心そうかもしれないと思ったが、自分の気持ちを打ち消すように、

「この部署は以前から総理大臣になる人が必ず経験する部署なんだ。今日本で重要なのは産業と通商なんだから、その元締めは大蔵より重要ということなんだろう。早速高坂の事務所に電話しなくちゃ」

と言って、ダイヤルを回して高田川代議士の秘書に祝いを述べた。次に事務所に大臣宛の祝電を打った。

「さあ、これからますます忙しくなるぞ」

家の中で彼一人が興奮しているのだった。

世の中はこの総理の出現に「今太閤」といって沸いた。確かに演説もうまいし、しゃべり方も講談師のようで歯切れがいい。次々に打ち出される政策に国中が活況を呈した。特に「国土改造プラン」によって、土地の値段が上がり始めた。政治というものは思わぬ方向に進むものだ。総理は地価が上がることは想定していなかったに違いない。

西井田町でも、町のはずれの土地さえ高くなった。あんな所を買って何にするんだと知恵ある人は言ったが、人々は今にも土地がなくなってしまうかのように慌てた。東京の企業が土地を買い漁っているとか、工場用地に買い手が殺到しているというような噂が、まことしやかに町民の間に流れた。

「今、東京では建設ラッシュで、地価がどんどん上がっている。建設会社も受注をこなしきれないくらいで順番待ちの状態だそうだ」

どこからの情報かわからないが、東京の会社と取引きのある今里製材の社長が言った。

「家の建築が多くなれば、うち辺りも忙しくなるぞ。設備を増強しないと注文に応じきれなくて、みすみす儲けを失うことになるかもしれん」

誰もがこの景気に乗り遅れないようにと焦っているのだった。町役場の移転が決まったのはそうした空気を反映したものだった。

「今の役場の建物はもう戦前のものだし、村と合併などして職員も増える。そろそろ新庁舎を建ててもいいんじゃないか」

と、町長が言い出し、反対する者はいなかった。町長が言い出すまでもなく、建物は木造二階建てで、床は職員が歩くとミシミシ鳴る。始終隙間風が通り、夏は冷房装置などないから、水を張ったバケツに足を入れたり、冬は石油コンロで暖を取るといった有様だったのである。

場所は新しい県道に面した町の北端に決まった。好景気でカラーテレビに加えて自家用車が普及しているから、町の中心地からは多少離れても町民に不便をかけないという判断だった。

役場ばかりか、警察署も、消防署も老朽化が進んでいるので、一気に新しくすることになった。図書館も、公民館も建てることになったので、町は大騒動になった。

「そんな金はどこにあるんだ」

と言うと、

「国から補助金も出るし、これから景気がよくなって税収も増えるから問題ないらしい」

と、誰かが物知り顔に言った。総理の掛け声で、全国の建設会社が色めきたって、西井田町にもいくつかの建設会社が進出してきた。いずれも大手の子会社だったり、孫請け専門の会社だった。

それまでの町の基幹産業であった製糸は化学繊維に押され、期待された製材も、衰退の一途をたどっていた。製材には輸入の原木安が打撃であった。さらにこんにゃくにも輸入の影響が大きく、大手の軽澤商店が製粉などを機械化してやっと息をついていた。

五

「うちの娘が嫌な咳をするんで、町立病院で診てもらったら、どこも悪くないって言われたんよ。アレルギーじゃないかって」

後援会の一人が岳四郎にこぼした。そういえば、岳四郎はほかでもそういう話を聞いたことがある。何かの粉塵がアレルギーを引き起こしているらしい。確かに岳四郎の家でも、どこから入ってくるのかわからないが、箪笥の引き出しを開けるとうっすらと粉が入っているのである。町の南側にある山から眺めると、町全体が霞がかかったように見えることがある。

「娘は高坂に嫁にいっているんだが、里帰りしてくると息苦しくてたまらんと言う。高坂に戻るとけろっと治るらしい。このごろでは西井田には帰って来なくなった。孫の顔も見られなくて寂しいこった」

と言う人もいる。幸い岳四郎の家族にはそうした兆候は見られない。町の建設ラッシュのせいか、県道を走る車が舞い立てる砂埃のせいか、こんにゃく工場から漏れる微細な粉末のせいか、どれもが原因ではないかと疑われた。それでも、町が活気付いているので原因を探求することはなかった。

そんな最中に、石油会社が原油の値段を引き上げると同時に、供給量も減らすと発表したのである。石油を輸入に頼っている日本にとっては大打撃である。石油がなければ日本産業は成り立たない。輸出もできなくなる。まさにオイル・ショックであった。

岳四郎はガソリンの値が上がったといっても、車に乗るのを少し控えれば、直接生活に影響はないと思っていた。ところが、真っ先に節電が言われ始めた。さらにいろいろな物の値段がじわじわ上がり始めた。

町役場に納税に行くと、庁舎の中がいつもと違って暗い。どうしたのかと天井を見ると、どの蛍光灯も二本あるうちの一本が消えている。随分一度に切れるもんだと思い、

「蛍光灯、切れてるんじゃないんかい」

係の顔見知りの職員に岳四郎が指摘すると、

「いえ、節電のために半分点かないようにしているんです。昼休みには全部消します。世知辛い世の中になりました」

と言う。さらに職員は言うのだった。

「東京のネオンサインも消しているところが多いそうじゃないですか。高坂なんか夜は

薄暗くて、まるで寂れているようだそうですよ」

「そういえばテレビでそんな光景をやってたな」

「皆さんにご不便をおかけしますが、トイレットペーパーも取り外してありますので、お許しくださぃ」

トイレットペーパーがスーパーマーケットの店先から消えた、というテレビ報道があった。岳四郎の家ではまだ水洗トイレになっていなかったし、買い置きがあったので、すぐ困りはしなかった。そんなに逼迫しているとは知らなかった。

「あんまり文明の利器が発達しても、災いすることもあるんだなあ。何ともまあ、皮肉なことだ」

「トイレットペーパーがないのは事実ですが、数日前には備え付けておいたトイレットペーパーが、あっという間になくなってしまったんです。そうは思いたくないですが、誰かが抜き取っていったんでしょう。これだけ物があり余っていても、心はまださもしいんです」

職員は岳四郎と顔見知りなこともあって、そう嘆いた。

それ以来、町の店に寄るたびに、岳四郎はトイレットペーパーがないか目で探した。

しかし、トイレットペーパーの欠乏騒ぎはまもなく収まった。欠乏ではなくどこかに隠していて、値を吊り上げようとした業者がいた結果のことらしい。

「ばかばかしい。見事に嵌められたってことよ」

「初めからおかしいと思ったんだよ。紙がすぐなくなるはずがないもん」

と、千代も腹立たしかった。石油のほうは原産国が減産するというのだから、原因がはっきりしている。節約するしかないのである。角一商店でも昼間は店以外は電気を消した。目が慣れてくると、それほど不便ではない。新聞は縁側で読めばいい。千代も岳四郎も本を読むことがほとんどないから、困ることはなかった。

そんな最中に、総合雑誌に載った記事によって、総理の金権体質への批判が高まった。地価の高騰に始まった物価の高騰で、庶民はインフレに曝(さら)されていたから、不満に火が点いた格好だった。議会は紛糾し、ついに「今太閤」総理も退陣しなければならなくなった。

総理が辞めると党内でごたごたした挙句、派閥の力で次の総理が決まることに国民は誰も不思議に思わない。総選挙をしたところで、また民衆党が勝つことがわかっているからだ。野党は全部足しても民衆党の数に追いつかないのである。

野党は労働組合と連携して政府に圧力をかけようとする。毎年繰り返される春闘と年末闘争がそれであった。特に公共機関である電車、バスのストライキは都会の会社で働く人々には迷惑であった。

六

ゆき子の末っ子で、東京にいる輝也などは、家から私鉄と国電を乗り継いで通勤に一時間半はかかる。乗り物がストだといっても、会社は休みにはならない。小企業、零細企業には組合もないのである。輝也はストをしていない私鉄で都心に出て、そこからは歩いて会社までたどり着く。会社に着くのは昼ころで、自家用車でやってくるのは別としても、同じような社員はまるでピクニック気分であった。

そんなところに、昼過ぎ輝也に足原市の兄の剛史から電話がかかってきた。母ゆき子が倒れて、意識不明だという。今、寝かせているが、医者の話では重態だとのことであった。

「すぐ行きます」

と、輝也は返事をした。

「でも、今日は国鉄も全面的にスト決行中だ。来られるかい」

「タクシーを乗り継いででも行きます」

「そうかい。じゃ待ってる。それと、悪いが鷹夫も拾ってきてほしいんだ」

鷹夫は一度入試に失敗して、東京の予備校に通っている。池袋にアパートを借りているが、電話がないのである。

会社に事情を話して休みを取り、輝也は家に帰ると、妻には向こうから連絡するからと言って、タクシーで池袋に向かった。鷹夫は幸いアパートにいた。鷹夫を乗せて、そのまま足原に向かう。もう暗くなった国道をひた走る。足原の兄の家に着いたのは夜遅かった。

ゆき子はリビングに寝かされていた。すやすやと寝息をたてている。

「母さん、見舞いに来たよ」

と声をかけたが、返事はない。寝入ったままだ。

「昨夜風呂に入って、出てきたら目眩(めまい)がすると言ってね。寝たままなんだ。病院の先生が来てくれて、すぐにどうということはなさそうだけど、年が年だけに危険なんだそうだ。一週間が目安だと言われた」

「寝たままで意識はないの」

「ない。数日前にも目眩がするといって。そのときは寝たら治ったようだったけど」

輝也は兄の言うことを聞いて、母もこれが最期かと覚悟を決めた。普段から太っていたし、血圧も高いと聞いていた。

その夜は輝也は妻に連絡をして、兄の家に泊まった。ストは翌朝早くに解決して国鉄は動き出した。鷹夫を残して、輝也は翌日東京に戻った。仕事があるからずっと見守っているわけにもいかない。事態が急変したらすぐ駆けつけることにしたのだ。

医者の言ったとおり、ゆき子は一週間後に、意識が戻ることなく息を引き取った。七十九歳だった。義典、輝也一家、剛史の妻の姉妹、清吉夫妻、その他剛史夫妻の教え子、隣近所の人たち、生前に交友のあった人たちが大勢でゆき子の死を悼んだ。英悟の葬式には剛史が出席したのに、角一商店からは誰も来なかった。

「わたしがしっかり伝えたんですが、どなたもおいでになりませんでしたね」

と、律儀な清吉が肩を落として、自分の責任ででもあるように剛史に言った。

「そういう人たちなんでしょう。息子の岳四郎さんが、高田川代議士の後援会に入ってくれと言ってきたときに、断ったのを根に持っているのかもしれません」

「それとこれとは違うでしょうに。岳四郎さんが気まずいというなら、叔母さんなんだから、珠代さんが来たっていいはずですよ」

清吉はそれ以上は言わなかったが、昔の主人一家の冷淡な仕打ちに、決していい感情を持っていないことは確かだった。跡継ぎの岳四郎も気位ばかり高くて、清吉には疎ましい。それにもまして、角一商店の悪い噂が方々から入ってくるのは、清吉にとってたまらないことだった。自分はもう角一商店の番頭ではないと思っても、いい気持ちのものではないのである。

悪い噂というのは、岳四郎が政治に足を突っ込んで、商売をほったらかしにしているから、財産を使い果たしてしまうのではないか、とか、家作を売りに出したというようなことであった。西井田町から来た剛史の知人たちからそんな噂を聞いた。店の日除けにしても、何年も風雨に晒されたままにしているから、茶色く日焼けしてしまっている。そのうえ、半分ほどは破れて垂れ下がったままなのだ。あんな様を見たら、客だって寄り付かないだろうというのであった。

剛史も、角一商店の流れを汲んでいるものとして、本家が傾いているという話を聞くのは寂しい気持ちである。同じ町内に住んでいないから、人聞きで知るばかりである。

ゆき子が亡くなって一年もしたころのことだった。夕方、千代が食事の用意をしていて、台所から土間に降りようとして足を踏み外した。そのまま動けなくなってしまった。慌てて岳四郎が車で病院に運んだ。レントゲンを撮ると、骨粗鬆症が進んでいるせいで足の骨が複雑骨折をしているという。

そのまま千代は家で寝込むことになった。足を動かさないようにギプスで固定しているから寝たままである。珠代が看病し、岳四郎が病院でもらってくる湿布を二人で取り替えるのであった。一週間もすると、風呂に入れないせいで、やたらあちこちが痒くなる。痒い痒いと訴えるので、珠代がお湯を浸したタオルで母の体を拭いた。

偶々（たまたま）高坂の千代の実家から電話があった。千代が寝込んでいると話すと、千代の甥の隆久と姪の澄江が見舞いにやって来た。千代の弟妹の子で、岳四郎たちのいとこに当たる。二人の親は数年前に亡くなっている。

「あんたたちの親はわたしより若いのに先に亡くなってしまった。長生きするのも寂しいことだねえ」

と、千代はしみじみと言った。

「でも、ぼくらがいるから寂しがらないでください。ぼくらも伯母さんがいらっしゃるから、励みになっているんですよ」

甥っこにそう言われると、いくらか気がまぎれた。

「岳四郎は高田川大臣の応援で走り回っていて、商いのほうをお留守にしているんで、それが気がかりでねえ」

「末は総理大臣になる人だから、力が入るんでしょう。うちのほうでも一族の名誉だと言ってるんですよ」

お茶を淹れてきた珠代が座に加わった。

「隆久さんのとこは皆さん元気？　すっかりご無沙汰しちゃって。岳四郎が外を飛び回ってるから、わたしが家を空けるわけにいかないのよ。それでお宅のほうにも伺えなくて」

隆久は結婚して三人子供がいる。澄江も村内に片付いて一人子供がいる。隆久も澄江も珠代より年下だ。一族で独身なのは珠代と岳四郎の二人で、婚期を逸しているから独身を貫くしかないのであろう。今になってみると、珠代はそういう子供たちのいる家族は賑やかで幸せなのだろうと思う。それに比べると、自分たちは年をとった者ばかりで、将来がないように思われる。一瞬、珠代の心に悔恨のような感情がちらついた。

「子供は元気ですが、からっきし勉強をしなくて困っていますよ。高校に行けるのかと心配するんですが。そこへ行くと澄江さんの子はできがよくて、うらやましい」

「いいえ、うちの子だって勉強しませんよ。お父さんが放任主義なもんで、子供はいい気になって、遊びまわっているんです」

家族がいれば悩みもある。そういう悩みを背負い込まないだけ、独身でよかったのかもしれないと、珠代は自分に都合のいいように考えるのだった。

「そういう悩みも幸せのうちなんよ。親はいくつになっても、子供が心配でね」

と、千代が言った。珠代はそれが自分に対して言われた言葉だとは気が付かなかった。

「まあ、大した怪我でなくてよかったです。伯母さんにはもっともっと長生きしていただかなくちゃなりませんから、お大事になさってください」

甥と姪はそう慰めて帰っていった。千代は彼らが羨ましくもあった。珠代も岳四郎も独り身なのが寂しい。それにしても、自分が設けた七人の子は三人が亡くなり、長女の多美子には子供がいても、横浜にいてこのごろでは殆んどやって来ない。孫の顔も覚えていないほどである。仙台に行った浩二の長男はもう大学を卒業して勤めているはずである。浩二とは音信不通みたいだから、孫がどうなっているのかもわからない。

残っているのは未婚の珠代と岳四郎の二人になってしまった。子供が幼かったころには考えもしないことであった。年をとってからの寂しさはたとえようもないのである。寝ているといろいろなことが思い出されては消えていった。

七

このごろ岳四郎は夕方になると出かけることが多くなった。後援会の人と話があるとか言うが、どうも飲むことが多いようである。いつも顔を真っ赤にして、遅くなって帰ってくる。酒の味を覚えたらしい。利根崎の家系は酒が強くない。千代の家系は父親が飲兵衛だったから、あるいはそちらの遺伝かもしれない。

「おおく（あまり）お酒を飲まないほうがいいよ。お祖父さんはそれで命を縮めたようなもんだから」

と、千代は寝床の中で岳四郎に注意するが、効き目はないようであった。自分が跡継ぎなんだと思うのか、このごろは母の言うことも聞かないのである。さすがに車で出かけたときは酒を飲んでいないようなので、千代はそれだけは安心できた。

千代が寝込むようになってからは、岳四郎も商売に心が向いてきたらしく、時折、車で奥の村に商売に行くようになった。商品を一そろい車に積んで出かけて行く。村の後援会員に肌着やシャツ類を頼まれるようになったのである。

「西井田町まで買いに行くにもバスの便が悪くてのう。持ってきてもらえると、ほんと助かるんよ」

「会員さんだから、特別サービスです。皆さん元気で羨ましいですよ。多くの村の人の希望がまとまれば、もっと何度もきますけんど」

岳四郎もお世辞の一つも言えるようになっていた。村の人口は減る一方のうえ、高齢化が進んでいるので将来性はないが、それでも必要だと言われると商売も楽しく感じられるのであった。このごろでは、洋品ばかりでなく、食品まで頼まれて持ってゆくようになった。肉や魚を頼まれると、町の肉屋や魚屋で買って持ってゆく。こちらは利益はないが、喜ばれると商売の励みになるのであった。

朝からうだるように暑い夏の日だった。岳四郎は村に出かける準備のため、昼近くに店の前で商品を車に積んでいて、くらっとして思わずその場に座り込んでしまった。

「岳ちゃん、どうしたの？　大丈夫？」

手伝っていた珠代が心配そうに覗き込んだ。

「いや、ちょっと目眩がしたんだ。少し休んでいれば大丈夫。治ると思うよ」

「そう、ならいいんだけど。今日はほんと暑いからね。気をつけて。布団敷いてあげるから、横になるといいわ」

珠代が冷たい水を冷蔵庫から持ってきてくれた。

「寝るほどじゃないから」

と、岳四郎は店に続く奥の部屋で、座布団を並べて横になった。しばらくすると落ち着いたので、岳四郎は静かに立ち上がってみた。どうやら治まったようである。

「今日は車はやめといたら？　事故でも起こしたらおおごと（たいへん）だわ」

「そうだね。村は緑が多いし、川があるから、町と違って割合涼しいんだ。でも細い道があるから、向こうに着くまでがおおごとなのさ。行くのは明日にしよう」

翌日、岳四郎は治ったので、頼まれていた商品を村に届けに行った。三時間もしたころ無事に帰って来たのを見て、

「やっぱり暑さのせいだったんだね」

寝ている千代も安心した。千代を看病している珠代も側にいたので、二人に聞いても

らったほうがいいと思い、岳四郎は切り出した。

「母さん、実は仕入れの金がちょっと足りないんだ。村で品物が売れるようになってきたし、仕入れを増やしたい。家作も半分を売り払っちゃったし、これ以上売るといっても、高が知れている。それに少しでも毎月何がしかの現金が入るから、もう手をつけたくない。あとは裏の庭を売るしかないんだけど」

岳四郎が飲み歩いて、今まで商売に精を出さなかった、そのツケがきたのである。千代にはわかっていたが、自分の体が思うに任せず、岳四郎だけが頼りの今は、面と向かってはなかなか言えないのだった。

「そうだねえ。庭は手入れもできないし、固定資産税ばかりがかかって、広いほど厄介になってきたねえ。半分ほど売るとするかねえ。珠代はどう思う?」

「仕方ないんじゃない。ひところの土地ブームが去っちゃったから、買い手がいればいいんだけど」

千代も珠代も渋々ながら賛成したので、早速、家作を売ったときの不動産屋に電話した。

不動産屋は珠代が心配したように、土地ブームが去った今は高値を期待しないほうがいいと言った。すぐに売れるかどうかわからない。買い手が早く見つかるといいのだが、と不動産屋も腰が引けているのだった。

秋になって土地もやっと売れた。場所は町の中央だが、町自体が衰退の一途をたどっているから、商店には向かないと思っていたら、買い手は中年の鍼灸（しんきゅう）医であった。高齢者が多くなって腰や膝を痛める人が多い。ハリ治療なら患者は多いだろうし、町立病院にはない科目だし、往診もするというから、クリニックは繁盛するだろう。

そのうちに売った土地に囲いができて、代々伝わって来た蔵が取り壊され始めた。吊るした大きな鉄の球をぶつけると、土の壁がぼろぼろ落ちる。土壁が悲鳴を上げているようで、岳四郎も珠代も見ていられなかった。千代は見たくないと始めから見ようとしなかった。かつて信三が従兄弟の輝也に言ったことがある。息子たちが蔵の中の財物を食いつぶしたと。そして今、残された千代と珠代、岳四郎が蔵自体を食いつぶすことになったのだった。

翌年、クリニックは開業した。千代も土地を売ったよしみで往診してもらうことになった。往診といっても、庭から母屋に来るというだけだったが。千代の足を診て、医師は気長に治るのを待つしかないと言った。

「先生、歩くことができるようになりますか」

と、珠代が訊くと、彼は、

「家の中でくらいなら、杖を突けば歩けるようになるでしょう。でも時間はかかりますよ」

それはほとんど治らないということを婉曲に言っただけであった。しかし、千代も岳四郎も珠代も元気付けられた。

春先のことであった。また、岳四郎を目眩が襲った。

「おれも年なのかなあ」

と、岳四郎は思った。それまで、ほとんど病気らしい病気をしたことがない。会社勤めなら、会社で強制的に健康診断がされているが、自営業の岳四郎は一度も健康診断をしたことがなかった。何か不吉なことが起きているのではないか。珠代が心配して病院行きを勧めた。

「一度診てもらったほうがいいよ。岳ちゃんは大黒柱なんだから、病気にでもなられたらたいへんなんよ」

岳四郎はあまり気が進まなかったが、二度目の目眩なので不安になって町立病院に行った。

岳四郎を診た高齢の内科の医師が、思わぬことを言い出した。

「利根崎さん、あなたの身内に腎臓を患った人がいますか」

「いいえ、祖父は脳溢血で亡くなったと聞いていますし、父も脳溢血だったと。兄は肺結核でした。もう三十年ほど前になります」

「そうですか。おしっこの出はいかがですか」

「そう言われれば、少し悪くなっています」

「血液検査の結果を見てみないと断定はできないが、むくみもあるし、腎不全の疑いがありますな」

腎不全とはどんな病気なのかもわからず岳四郎は驚いた。身近にそんな患者はいない。

「腎不全ですか。薬で治るんでしょうか」

「まだいい薬はありませんな。人工透析しか方法がない。これは病院に来て透析をするんですが、慢性だと週に二、三回しなければなりません」

これはえらいことになったと、岳四郎はすっかり落ち込んでしまった。そういえば、後援会員の中にも透析をしている人がいるという話は聞いたことがある。あの人は腎不全という病気だったのかと、今になって気がついた。

八

岳四郎は慢性の腎不全なので、人工透析は一回に三時間から五時間かかり、それを週に二回から三回しなければならない。慢性の場合、最初なかなか気づかないことが多いという。それでつい発見が遅くなってしまうのだ。

岳四郎の行動は極端に制限されることになった。二日に一回は病院に行かなければならないから、遠出はできない。支部役員の会合があるようなときに、透析の日に当たると行くことはできないのである。酒も制限された。糖尿の気もあるようだ。さすがに、我がままをしてきた岳四郎もおとなしくなった。

「高田川先生も偉くなったし、おれの体もこんな状態だから、そろそろ支部役員のほうも引かせてもらおうかと思うんだ」

甘やかされて、自分が跡継ぎだと、気位ばかりが高かった岳四郎らしくなく、弱気になって母に言った。

「そうだね。潮時かもしれんね。体が第一だもの。まあ、無理のない程度に商いのほうをやったらいいんじゃないかね」

「そうよ、ひと様のことより自分の体を大切にしなくちゃ」

と、珠代も母に同調した。珠代は岳四郎から腎不全という病名を聞いたとき、家に備えてある『やさしい医学の本』で調べ、病気のたいへんさを知ったのだった。透析を怠ったら死に至るのである。まさかあれだけ元気な弟が選りによって、こんな病気になるなんて。珠代の心は暗然とした。寝たきりの母だけでも暗い気持ちになるのに、弟までと思うと、しばらくの間、珠代は食欲もなくなってしまった。

寝床に入ると、いろいろなことが思い起こされてくる。母に似て勝気な珠代も、今度だけは参った。頼れる者がいないのである。結婚をしなかったことが悔やまれた。係累がいれば頼ることもできるし、気も紛れるだろうに。今更そんなことを悔いても、どうにもならないことはわかっている。母も高齢だし、今後どうしたらいいのだろう。仙台の兄に訊いてみようか。浩二兄さんなら医者だから、いい答えを出してくれるかもしれない。翌朝、珠代は兄のところに電話した。

電話には浩二の息子が出て、浩二は半年前に脳梗塞を患い、病院で寝たきりになっていると言った。嫂は看病に行っているという。これでは訊くこともできないので、お大事にと言って電話を切った。

うちの一族はどうしてこうも病気になるのだろうと、珠代は溜息をついた。まるで疫病神に取り付かれたみたいだ。だが、考えてみれば、兄の浩二だって珠代より七歳も年上なのだから、寝たきりの病気を患っても不思議はないのだ。千代が年の割りに元気すぎたのかもしれない。

珠代は岳四郎の食事にも気を遣わなくてはならない。塩分、蛋白質は減らさなくてはならない。もともと岳四郎は極端ではないが、塩辛いものが好みだ。たいていのおかずに醬油をかける。肉も好きだ。塩分を極力抑えた肉料理など、岳四郎には可哀相な気がする。それでも我慢してもらわなくてはならない。料理を作るほうも辛いのである。

千代のほうは寝てばかりいて運動不足なのに、消化器や内臓が丈夫らしく、食欲が落ちない。よく食べるせいで、少し太ったようである。むくんでいるのかと思ったら、太っているのだった。

「母さん、最近少し太り気味のようね。よく食べるもんね。でも、足が治ったときに、体が重くなって動きにくくなるとおおごとよ。気をつけたほうがいいよ」

珠代は母と弟と両方の栄養管理をしなければならないから、結構忙しいのである。千代の足はギブスで固められている。岳四郎の車で週に一回町立病院に連れられていって、ギブスを取り替えてもらう。だが、回復ははかばかしくない。

ギブスの取替えついでに、年に一回は健康診断もしてもらっている。何回目かのとき、岳四郎が医師に呼び止められた。

「お母さんは内臓は悪いところはほとんどない。ただちょっと心配なのは、血管がもろくなっていてね。まあ、年齢相応といえばそうなんだが、要警戒ですな」

「そんなに悪いですか」

「いつ破れてもおかしくない状態です。寒いときは特に注意しましょう」

患者ではなく岳四郎に言ったのだから、状況はかなり悪いのだろう。家に帰ると、岳四郎はそのことを珠代に告げた。

「そう」

珠代はひと言呟いたきり黙りこんでしまった。覚悟を決めたようであった。思いたくはないけれど、いつ「それ」が来ても仕方がない。珠代の心配をよそに、千代はその年の冬を越すことができた。ひょっとすると、医者の誤診ではないか。百歳を超えることができるかもしれないと思ったが、やはり「それ」は来てしまったのだった。

春先のことであった。千代と布団を並べて寝ていた珠代が、朝目を覚ますと、どこかいつもと様子が違うことを感じた。とっさに千代を見た。そのとき、千代はもう呼吸をしていなかった。安らかな寝顔であった。声をかければ、目を開けそうであった。布団の上から体を揺すってみたが、反応はない。珠代の声に岳四郎もやって来た。

「母さんが、母さんが」

珠代は目にいっぱい涙を浮かべていた。岳四郎も体を揺すってみた。やはり反応はなかった。

二人は現実を受け入れるより方法がなかった。寝たきりの闘病生活を六年過ごした挙句であった。九十六歳の大往生であった。

姉の多美子と仙台の兄の家に電話で知らせた。姉は数年前に夫を亡くし、今は独りで伊豆で老後を過ごしている。多美子はすぐ来ると言った。一方、兄の浩二は寝たきりの病院暮らしなので、家族に知らせたのだった。他には足原市に越して行った、有田家の従兄弟がいる。でも、叔母のゆき子の葬儀に行かなかったので、連絡するのもはばかられた。足原市の在にいる清吉に連絡すると、午後になって手伝いに来てくれた。

誠実な清吉は、細かいところにも目配りが届く人であった。ただうろたえているばかりの珠代たちに代わって、てきぱきとものごとを運んだ。随分長いこと角一商店に関わったものだ、これで自分の務めも終わりだと思うと、清吉は感慨無量でもあった。

九

長女の多美子が息子を連れて来てくれたのと、千代の実家に当たる大友家の人たちが二人来てくれただけの、寂しい葬儀が終わると、珠代と岳四郎の姉弟二人になってしまった。

「寝たきりでも、お母さんがいるのといないのとでは、随分違うもんだね。食事を作るんでも何だか張り合いがないわ」

仏壇に線香を点し終わると、珠代が言った。岳四郎も同じ感じだが、寂しいと言うと余計寂しさが募るようで、姉の前では控えている。卓袱台に二人きりで向き合って食事をするのは、こんなに寂しいものとは知らなかった。利根崎家ではいつも大勢の家族がいたのに、いつの間にかたった二人になってしまった。

「これから、どうしようかねえ」

急に老け込んでしまった珠代が呟いた。覚悟はしていたものの、千代の死のショックは大きかった。岳四郎と違い、珠代は買い物に行くくらいで、外部との接触がほとんどない。大店のお嬢さんとして育てられたから、小学校の同級生にも語り合えるような友達はいないし、女学校時代の友人も、よそに嫁に行ったりして、町にはほとんど残っていない。一人か二人いても、話したこともないのである。人と交渉があれば、いくらかは気が紛れるのだろうに。岳四郎は村に出かけて行って商売をしているから、その点立ち直りは早かった。病気のことなど忘れたように、

「商売がだんだん面白くなってきたよ。おれが稼ぐから、姉ちゃんは気を楽にしててくれればいい。人でも雇えるようになれば、賑やかになるさ」

「そうなってくれるといいね」

やっぱり男衆は頼りになると珠代は思った。しかし、岳四郎の病気を考えると、楽観もできないのである。岳四郎は相変わらず週に二回は透析に行く。仕事の合間というより、透析の合間に仕事をしているような感じである。

季節は秋になっていた。夏の暑さを乗り切ったのに、岳四郎は以前より疲れを感じる

ようになった。年のせいなのか、病気のせいなのか、岳四郎にはわからない。両方のせいなのだろう。でも、心配させたくないから、珠代の前では平静を装っている。今日も車で商売に出かけようとして荷物を積んでいると、ふらっとした。その瞬間、左手が言うことをきかないのに気がついた。

「どうしたの、大丈夫？」

珠代が心配して覗き込んだ。

「うっ、左手がうまく動かない。どうしたんだろう」

「それはたいへん。足はどう？　動く？」

「うん、ちょっと重い感じ」

「すぐ病院へ行ったほうがいいね」

珠代は運転ができないから、向かいの磯田のところへ駆け込んで、岳四郎を町立病院へ運んでもらうよう頼んだ。荒物屋をしている磯田は、古くから付き合いのある、珠代が唯一頼りにできるご近所さんだ。店を妻に任せて、嫌な顔一つ見せずに車を出してくれた。

「岳四郎さん、大丈夫かい。まあ、口が利けるなら、そんなに心配することはなさそうだ。軽い梗塞かもしれないな」

医師の診断はやはり磯田の主人が言ったように、軽い脳梗塞であった。腎不全に糖尿に脳梗塞とはよく重なったものだと、珠代は目の前が真っ暗になった。中年の医師は、珠代の当惑顔にも心を動かされることなく、事務的に言った。

「梗塞のほうは在宅で薬の服用でよくなるけれど、週に二回、透析のための通院は車でないとおおごとですな。入院したほうがいいでしょう。ここのベッドは今満杯で、引き受ける余地がありません。なんなら、わたしの知ってる大きないい病院が安東町にあるから、そこをご紹介しますよ」

安東町というと、西井田町からは車で四十分はかかる距離である。珠代はいったん家に戻って、入院のための身支度を整えて、タクシーで岳四郎を運んだ。

病院は西井田の町立病院よりずっと立派な建物で、玄関前に円形の車寄せがあった。車寄せでは植え込みの紅葉が真っ赤に葉を染めている。患者がひっきりなしに玄関を出入りしている。

受付で用件を告げると、待機していた脳外科の看護師が、岳四郎を車椅子に乗せて、すぐＭＲＩを撮るための部屋に連れて行ってくれた。珠代は看護師に任せてうろうろしていると、入院のための書類を渡された。住所氏名だの生年月日、かかっている他の病名などを書く欄がある。書類を書き終わると、脳外科の待合室で待っているように言われた。

医師も看護師たちもてきぱき働いているのを見て、珠代は心強く感じた。これでよくなってくれればいいのだが。

しばらくして医師に呼ばれて、珠代がＭＲＩの画像で説明を受けた。

割合軽い脳梗塞が起きているが、薬で治せるから、それほど心配はないとのことで、珠代は一安心した。

言われたように、入院のための浴衣や下着を売店で求め看護師に渡した。しばらくして看護師に案内された病室は四人部屋で、他の患者も岳四郎と同じ年代か、高齢の人のようであった。岳四郎のベッドに行くと、岳四郎の腕にはもう点滴がつけられていた。表情が心なしか硬いようだ。

「先生が軽い脳梗塞だから心配しないようにって」

岳四郎が頷いたように見えた。初めての入院だから、やはり緊張しているのだろう。

珠代は同室の患者や付き添いの人たちに挨拶して、席に戻った。岳四郎は目を瞑っている。話しかけては病人が疲れると思い、珠代はベッド脇の簡易椅子に座って黙っていた。岳四郎はちらと目を開けたが、珠代がいて安心したのか、そのまま眠りに入ったようだ。

完全看護の態勢なので、珠代は時間ぎりぎりまでいて家に帰った。帰るとき、岳四郎が寂しそうな顔をしなかったので、珠代も暗い気持ちにならずに済んだ。

病院の近くで買った土産物を持って、珠代は磯田に礼を言いに行った。

「磯田さんのおっしゃるように、脳梗塞でした。磯田さんのお蔭で早くお医者さんに行けたので、悪化しないで済みました。そして今、安東町の病院に入院させてきました。ほんとに有難うございました」

「それはよかった。でも、安東町の病院じゃ、珠代さんが通うのもおおごとだねえ」

「完全看護なので、助かりますけど。お蔭様でそう長くはならないと、先生も言ってくださいましたから、いくらか安心しました」

「ここの町立病院なら近くていいのにね。困ったことがあったら、いつでも言っておくれ。できることなら、お手伝いするよ」

「有難うございます」

珠代は何回も頭を下げて家に戻った。

家に戻って一人きりになると、さすがに気丈な珠代も頭を抱え込んでしまった。広い家の中に一人というのは寂しい。特に夜になると不気味でもある。何かが出て来そうで、どの部屋にも電気を点けてみた。それでも寂しさは消えそうもないのであった。テレビをつけてみる。画面にアナウンサーが出て何かしゃべっても、聞いていない。チャンネルを変えてみる。クイズ番組らしく、問題が出ているが、何を訊いているのかもわからない。

一日駆け回った疲れが出たのか、そのうちに珠代は寝息をたててその場に寝入っていた。

十

岳四郎は二週間入院して家に戻ることができた。左半身の動きがいくらかぎこちないが、まずまずの回復といえるだろう。珠代は先ず、岳四郎を連れて磯田のところへお礼の挨拶に行った。

「そう、それはよかった。軽くて何よりだったね。姉さんを助けて、がんばらなくちゃね。これからも何か手伝えることがあったら、言っておくれ。力になるよ」

磯田はそう言って喜んでくれた。

家に戻ると珠代はやっとほっとした。一人で暮らすことの寂しさからこれで開放される。岳四郎が完全に回復したわけではないが、弟がいるだけで心強いのである。

「よかったねえ。これからは養生して、無理しないで仕事をしてよ」

「うん、そうする。でも、今度は姉ちゃんには随分心配かけたね」

照れくさそうに岳四郎は言った。姉がいなかったら、どうなっていただろう。そう考えただけでも、有難さが身に沁みた。

その日は刺身の盛り合わせと、野菜の煮付けで退院をささやかに祝った。

磯田のほかに岳四郎が入院したことを知っているものはいなかった。高坂の従兄妹たちにも知らせなかった。普段それほど繁く付き合いがあるわけでもないのに、見舞いに来るのを要請するようで、こちらから知らせるのもおかしいと考えたからだ。

試運転のようなひと月が経つと、岳四郎は病気だったことを忘れたように動くことができるようになった。人工透析があるから、村への行商は週に二回ほどに減らした。車の運転も支障はないようであった。もう季節は冬に入っていた。

十一月に入ったら、清吉の息子から清吉と妻のツネが、この年相次いで亡くなったという喪中のハガキが届いた。清吉たちは千葉にいる息子のところに厄介になっていたらしい。享年は書いていなかったが、清吉はとうに九十歳は超えていただろう。

「千葉じゃあ、線香を上げに行くわけにもいかないなあ」

「せめて、香典でも送っておいたらどう」

「うん、そうだね。ずいぶん世話になったからなあ。姉ちゃん手紙書いといて」

身の回りの人たちが次々と亡くなってゆく。清吉を伯父のように思っていただけに、姉弟は言い知れぬ寂しさを感じるのだった。

岳四郎は久し振りに商店連合会の会合に出席した。どの顔も暗かった。それというのも、町の人口の減少が止まらず、どの店も客が減るばかりだからだった。少子高齢化が進んで、購買意欲が低下している。更に商店側も後継者が町を出て行って、高齢者夫婦が細々と商いをしているうえ、買い物客も時折しかこないで、活気が出ないのであった。全国的な傾向だが、特にこの町はひどい状態だったのだ。岳四郎が行商に行く奥の村などは、全国一の高齢化率という。

「町に活気を取り戻すいい案はないかのう」

「ゴルフ開発でもあればいいんだが、岩の山地べえ（ばかり）広くて」

ひところブームがあって、足原市から高坂市にかけては、ゴルフ場銀座といわれるほどたくさんのゴルフ場が開発されて賑わいを見せた。土地さえあれば、まだできるとも言われているのである。

「ないものねだりしていても、しょうがなかんべ（ないだろう）」と言ったのは、連合会の会長だ。「それより、年末年始の大売り出しはどうすべえ（どうしよう）かのう」

「毎年やってることだし、今年やらないとますます気勢が揚がらなくなると思いますよ。商売にはある程度勢いが大切だと思うんです」

一番年の若い食料品店の主人が言った。東京の大学を出て親の跡を継いだ二代目だ。

「お宅なんかは、食料品だからいいけど、うちらは必需品で商いしているわけじゃないから、協賛金出すだけでもたいへんなんだよ」

と文房具店の山野が言って、大半がうなずいた。何とか商いがうまくいってるのは、駅前の蕎麦屋とか中華の店のような食に関係のある店くらいなのである。信州に抜けるほうに牧場があって、以前はそこへ行くハイキング客で賑わった。それも今は昔である。これといった観光名所もないから、観光客もほとんど来なくなってしまった。町は人口が減る一方で、もう縮小再生産なのである。

結局、会は例年より規模を小さくして大売出しをすることに決めた。賞品も派手なものはなく、総額も二割ほど減らした。

家に戻った岳四郎は、珠代に会の結果を報告した。

「まあ、あんなものだろうね。大売出しといったって、うち辺りにはほとんど関係ないし」

すると、珠代は言うのだった。

「行商は行商で独自のことをすればいいんじゃない？　例えばうち独自のくじを作って、その場で引いてもらうとか」

「うん、それはいいね。じゃあ、くじを作ろう。賞品は何がいいかね」

その夜、姉弟はくじ作りと、賞品を何にするか話し合った。千円分買ってくれた人に一回引いてもらうことにした。一等は三千円で、二等はTシャツ、農家で高齢者だから菓子が喜ばれるだろうと、三等は栗饅頭二個にした。最下位は手拭。はずれはなしにした。はずれを引いた人は逆効果になるのを心配したのだ。

この作戦は好評だった。以前村を訪れた行商人は、普段はサービスといってポケット・ティッシュくらいは置いていったらしい。でも大売出しのくじ引きみたいなことはしていなかったのだ。出費もあったが、年末の角一商店の車での出張販売は、売り上げを三割ほど伸ばすことができたのであった。

「これで、いいお正月が迎えられるね。お店のほうも少し綺麗にしましょう」

と、珠代が言ったのは、表のガラス戸ががたぴしして、開けにくくなっていたからだ。父英悟の代に作られたときは、近隣にないハイカラな店構えで、辺りから抜きんでていた店も、今となっては無用の長物といった感じになってしまった。重すぎる戸を軽くすれば開けやすくなる。前から気になっていたのである。

家自体も古びてきた。先月庭に出て、ふと見上げたら家の横壁の板がはがれて、壁土が露出してしまっているのを見つけた。直接雨が吹きかけるから、そのままにしておけば、やがて家の中に漏れてくるに違いない。これも応急手当をしなければならない。岳四郎の病気やら何やらで、なかなか手が回らなかったことを、珠代は一気に片付けようと思った。

職人が来て補修が終わったのは、暮れもかなり押し詰まってからであった。

「奥さん、立派なお宅ですが、もうあちこちにガタが来てますよ。梁や柱などはしっかりしているけんど、雨風に晒されてるところは、ちょいちょい修理しないと、痛みが早いんでさあ」

職人に言われて、そういえばこの家も自分たちとほとんど同じくらい古いんだと気がついた。岳四郎があちこち痛むのも無理はないのである。幸い珠代は大した病気はしないけれど、疲れやすいし、躓(つまず)いたりしやすくなった。躓いて転倒でもしたらたいへんである。母の千代が寝込むようになったのも、足を踏み外しての転倒が原因だった。珠代は躓かないように注意しているのである。

十一

利根崎家では久しぶりに穏やかな正月を迎えた。父が生きていたころとは、家族の人数も店の売り上げ規模も比べものにならなかった。ましてや、母の千代から聞いた、祖父の栄蔵が町長をしていたころの正月の賑やかさは嘘のようである。あのころは正月は年賀の客が引きも切らずだったという。

殷賑を極めたころの角一商店を知るものは、もう町にそうはいなかったが、知っているものは寂れ方に時代を感じるのだった。それでも姉弟にとってはゆったりしたときが過ごせた。珠代が頼んでおいたおせち料理で、形ばかりの正月を祝い、二人で互いの健康を祈った。若いころには家族も多くて、年末には千代もおせち料理を手作りしたものだった。珠代も夜遅くまで母を手伝ったのが懐かしい。最近では珠代は毎食の料理も、ほとんど手作りすることがなくなった。でき合いの食品の表示を見ては塩分の少ないもの、糖分の少ないものを選ぶのが精一杯なのだった。自分で作るのは野菜の煮付けくらいになっていた。

町も二人の子供時代に比べると、まるでゴーストタウンのように寂しい。以前は正月には目抜きの通りは、追羽根をつく子供たちで賑やかであった。今では追羽根をつく姿も見えない。暮れには廃屋になっていた目抜き通りの一軒が取り壊されて、歯が欠けたようになった。住人が夜逃げをして、ずっと誰も住んでいない状態が続いていたのである。褐色に変色した家屋が今にも崩壊しそうになったため、町がついに取り壊しを決めたのであった。

町の外側を立派な高速道路が走るのに反比例するように、町は活気を失っていく。人口は町村合併で一時的に増えたものの、どんどん減りつつある。町自体が、隣の市に合併してもらえないか打診しているらしい。岳四郎が社会科の勉強で見学に行った石灰工場も原石が枯渇して、秩父から毎日原石を輸送して稼動している状態である。

唯一誇れるのは治安の良さだ。ここ十年以上も犯罪は起きていない。警察が動いたのは県道で車の接触事故があったときだけである。外出するときにも、玄関に鍵をかける家はほとんどない。

奥の村では、空き家になった農家を、夏の間別荘に貸し出す計画が進められて、何軒かは都会から借り手があったらしい。年間貸し出して移り住んでもらうには、雪は大して降らないにしても、寒さ対策に欠けるから難しいという。確かに、昔建てた農家は隙間風が通り放題だ。昔の人はよく耐えたものだ。

岳四郎のところでは、角一商店の母屋と同じように持っている家作が老朽化して、何人かの店子から修理を求められるようになった。家作のほうは母屋より古い建物だから、少しの手直しでは追いつかないのである。少しばかりの家賃を貯めておいたところで、家の修理にはとても足りないので、岳四郎は姉の珠代に言った。

「姉ちゃん、家賃収入ったって知れてるし、あちこち直してもいつまでもつかわからない。空き家も増えてきていることだから、そろそろ見切りをつける時期に来てるのかなあ」

「いくらになるかわからないけど、いっそのこと売り払ったほうがいいかもしれないねえ。空き家の借り手もないことだし、維持するだけでも経費がかかるものね」

敗戦直後、たけのこ生活という言葉が流行った。持てる衣類などを売って生活費に回すのである。岳四郎たちは今そういう状態になっていた。衣類ではないが、祖先が遺してくれた財産を次々と売らなければならなくなったのである。それも不動産バブルのときならいざ知らず、バブルが去って人口も減っている現在では、ほとんど捨て値であったのも仕方のないことであった。一時は町の分限者の一人であった角一商店の利根崎家も、没落の一途を辿っているのであった。

同じようなことは、町の基幹産業の一つでもあった製材業でも言えた。安い輸入材に太刀打ちできず、需要は細る一方だった。一軒残った田丸製材所もいつまで操業を続けられるかと噂されているのだった。

町で残った分限者といえば、早くから工業化に踏み切ったこんにゃく業者の軽澤商店だけであった。それまで手作業でこんにゃく芋をスライスし、串刺しして天日乾燥して、水車で粉に挽いていた工程をすべて機械化して、一挙に生産効率を上げた結果であった。一方ではこの粉塵によるアレルギー問題が未解決として残っていた。

車を持つ家が増えたため、西毛鉄道も乗客が減るばかりだった。混むのは朝と夕方の高校生の通学時間帯ぐらいだ。経営が苦しいから、駅によっては無人にしたり、ワンマン電車にしたりと苦心はしたが、運賃も全国の私鉄で一番高くなってしまった。こんにゃくがダイエットに向くと謳って、いろいろの料理法でパック旅行コースをつくり、大勢の客を呼び込んだこともある。それも、今は昔になってしまった。

岳四郎も町がしぼんでゆくのと軌を一にするように、病気に蝕まれていった。

夏の暑い日だった。岳四郎が月一回の検査のために安東町の病院へ車を運転して行った。病院に着いて車を降りようとしたときであった。手が急に痺れて動かなくなったのだ。人を呼ぼうとしたのに、声がでない。ぼうっとして意識が薄れてゆく。病院に入ってゆく人が気づいて、看護師を呼んだ。かかりつけの看護師が駆けつけてきた。

「利根崎さん。わかりますか」

返事はない。すぐにストレッチャーが持ってこられて、岳四郎をＩＣＵに運び入れた。かかりつけの医師と脳外科の医師がやって来た。血圧や脳波やら心電図計測が始まった。岳四郎の意識は戻りそうもなかった。

呼ばれた珠代があわただしく駆けつけてきたときには、岳四郎はかすかな呼吸をしているばかりで、呼びかけても返事はなかった。呼ばれてから一時間も経っていなかった。

珠代がかかりつけの医師に訊いた。

「先生、岳四郎は助かるのでしょうか」

医師は隣にいる脳外科の医師のほうを向いた。

「意識が戻ればいいのですが。今夜辺りが山かもしれません」

と、脳外科の医師は事務的に応えた。

その夜は珠代は岳四郎のベッドの側につきっきりでいた。簡易ベッドに寝てもいいと言われたが、腰掛けたままで眠ることはなかった。いろいろな配線が岳四郎の体から機器につながっている。医師のところに通じていて、異常があれば、すぐ医師が駆けつけるという。

明け方、うとうとしかけているときに、どたどたと激しい足音がして、看護師三、四人と医師が駆けつけてきた。部屋のドアが乱暴に開けられた。医師が計器のディスプレーを見ながら、看護師に次々に何か命じている。ただならぬ様子は、岳四郎が危険な状態にいることを表していた。珠代が思わず言った。

「先生、駄目なんでしょうか」

「ああ、このグラフの振幅がだんだん小さくなっている。できる限りの努力はしているのですが、ちょっと難しいかもしれない」

医師は珠代を振り返りもせずに応えた。

ついに岳四郎は意識が戻らずにそれから一時間後に亡くなった。くも膜下出血であった。

珠代は全身から力が抜けてしまった。誰も身近に頼れる身内がいないのである。自分がしっかりしなくてはならないと言い聞かせた。いつかこういうことになると覚悟はしていた。しかし、こんなに早くとは思っていなかった。

夜が明けてきたはずなのに、窓から見える空はまだ真っ暗だった。そのとき、突然ぴかっと稲光が走って、次の瞬間、激しい雷鳴がとどろいた。大粒の雨滴が窓ガラスを叩いた。

ああ、岳四郎が道半ばで死ななければならなかったことを、残念がっているのだろうかと、珠代は思うのだった。

珠代はふらつく足で、待合室に向かった。もう少ししたら高坂の従姉妹に連絡をしなければと思った。


（完）

〈著者紹介〉

小諸悦夫（こもろ えつお）

1932 年東京都生まれ。法政大学第二文学部英文科卒業。
出版社で主に少年雑誌、少女雑誌の編集に従事。

著書：
『フレッド教授メモリー』（早稲田出版）
『ミミの遁走』『落日の残像』『民宿かじか荘物語』『酒場の天使』
『ピアノと深夜放送』『遙かなる昭和』『栄華の果て』『墓参めぐり』
『インク・スタンド　その後』（以上　鳥影社）がある。

角一商店三代記

2019年　4月　13日初版第1刷印刷
2019年　4月　19日初版第1刷発行
著　者　小諸悦夫
発行者　百瀬精一
発行所　鳥影社（www.choeisha.com）
〒160-0023　東京都新宿区西新宿3-5-12トーカン新宿7F
電話　03（5948）6470, FAX 03（5948）6471
〒392-0012　長野県諏訪市四賀 229-1（本社・編集室）
電話 0266（53）2903,　FAX 0266（58）6771
印刷・製本　モリモト印刷

ISBN978-4-86265-735-0　C0093

定価（本体 1400円+税）